MW01679251

Nederland

Nederland

EEN OBJECTIEF ZELFPORTRET IN 51 VOORWERPEN

Onder redactie van
Wim Brands en Jeroen van Kan

UITGEVERIJ BALANS

Eerste druk september 2015
Tweede druk oktober 2015

De uitgeverij wil graag de volgende mensen en instanties bedanken:

Bugaboo (Bugaboo kinderwagen), Daf-museum (Daf), Damtours (bierfiets), Febo (automatiek), Frens Haringhandel Amsterdam (haringkar), Andreas Hogerheijde, De Koffie Salon (koffiemolen), 7e Montessorischool Amsterdam (korfbalkorf), G. Perlee Draaiorgelmuseum (draaiorgel), Senz (stormparaplu), SusieQ Solex (solex) en Verkade (chocoladeletter).

Zonder hun medewerking zou deze uitgave niet in deze vorm tot stand hebben kunnen komen.

Ontwerp omslag en binnenwerk Bas Smidt
Foto's omslag en binnenwerk David Finato
Druk Wilco, Amersfoort

ISBN 978 94 600 3080 2
NUR 320
www.uitgeverijbalans.nl

facebook.com/uitgeverijbalans
twitter.com/uitgeverijbalans
instagram.com/uitgeverijbalans

Inhoud

Vooraf 13
Wim Brands en Jeroen van Kan

Daf 18
Wim Noordhoek
'Er werd door mannen diep op neergekeken.'

Bierfiets 24
Mano Bouzamour
'Ik weet nog dat ik dacht: zó smaakt de hel.'

Fluitketel 30
Christine Otten
'Wat moet je met zo'n armoedig ding?'

Tuinkabouter 36
Gerry van der List
'Overal waar hij wordt aangevallen, is sprake van onverdraagzaamheid en onderdrukking.'

Stamper 40
Marjoleine de Vos
'Er is iets onuitsprekelijk bevredigends aan gestampte gerechten waarbij men niet te zuinig is omgegaan met vet.'

Kingsize vloei 44
Eric Duivenvoorden
'Hoe vaak zaten we niet opgescheept met een schots en scheef gedrocht dat tijdens het roken ook nog eens langzaam uit elkaar begon te vallen.'

Festivalbandje 48
Niña Weijers
'Doorknippen is een melancholisch stemmende aangelegenheid.'

Korfbal 52
Jan Siebelink
'Als ik m'n armen schuin omhoog steek om "af te dekken", kan ik zomaar oog in oog staan met dat meisje met die mooie borsten.'

Bugaboo 56
Asis Aynan
'Mijn moeder was alles, ook onze wagen, binnenshuis en buiten. Zij was het die ons kind voor kind heeft gedragen.'

Kruimeldief 62
Ester Naomi Perquin
'Wat een lichtheid halen we in huis. Wat een compactheid. Mensen met betere gewoontes worden we.'

Bolknak 66
Maarten Asscher
'Die walm van eigendunk, hij is in de afgelopen decennia voorgoed verwaaid.'

Xtc-pil 72
Renee Kelder
'Het was een mooi gezicht: een wasmachine vol met gekleurde, glanzende pilletjes.'

Kaasschaaf 76
Henk van Os
'In een wereld van "the winner takes it all" zijn ze natuurlijk niet gewend om in dunne plakjes te denken.'

Geitenwollen sokken 80
Thomas Verbogt
'Insecten vluchtten voor hem uit als hij door het huis banjerde. Hij had ook een baard, een bruine, die samen met de sokken een compositie vormden.'

Koektrommel 84
Maartje Wortel
'Ik bewaar er geen koekjes in, maar sleutels, liefdesbrieven, geld of drugs.'

Automatiek 88
Roel Bentz van den Berg
'De uitdrukking "uit de muur eten" heeft mij altijd met weerzin vervuld. Te plat, te grof.'

Rollator 92
Lex ter Braak
'De Nederlander is moralistisch en ambieert geen val, al ziet hij van oudsher wel graag anderen vallen.'

Raam 98
Tommy Wieringa
'Je hoopt op een uitzicht dat schoonheid biedt of rumoer, leven in de brouwerij, botsingen en omhelzingen.'

Solex 102
Carel Peeters
'Het "rijwiel met hulpmotor" bleek te zijn gestolen. Ik was een heler.'

Washand 106
Jeroen van Kan
'Niets typeerde de Nederlander meer dan zijn pogingen Nederland te kleineren.'

Haringkar 112
A.L. Snijders
'Ik heb vernomen dat je in de buurt van een haringkar moet zijn als je de mens wil leren kennen.'

Zwarte kousen 116
Rosita Steenbeek
'Vanuit een donker register zei hij plechtig: "Als maden en wormen kruipen wij rond in het lijkvocht van onze voorouders."'

Chocoladeletter 122
Joyce Roodnat
'Ik heet Joyce. Mijn broer heet Michiel. De J is kleiner dan de M. Ja, maar hij weegt even veel, zeiden ze.'

Koffiemolen 126
Roland van der Vorst
'Koffie symboliseert onze gespleten verhouding tot de zee, als symbool van avontuur én gemoedelijkheid.'

Boterham 130
Japke-d. Bouma
'Genieten is niet nodig mensen, het is maar eten.'

Klomp 134
Cécile Narinx
'Zelfs de Croc, de foeilelijke rubberen erfprins van de oerklomp, steekt met zijn pasteltinten en luchtgaten frivool af naast het houten archetype.'

Fiets 138
Franca Treur
'Anders dan automobilisten maken fietsers onderling oogcontact, ze flirten, ze reageren op elkaar.'

Fietspaddenstoel 144
Frank Westerman
'We willen dolen maar niet verdwalen. Toeren, maar op gezette tijden ook uitspannen - met koffie en appelgebak.'

Spaarzegel 150
Mira Feticu
'Mijn dna, dat in Roemenië honger heeft gekend, beschouwt sparen als een luxe.'

Jeneverglas 156
Olaf Koens
'Nergens ter wereld is het aangewezen glas voor de volksdrank zo verschrikkelijk onhandig als in Nederland.'

Zilver 160
Ad van Liempt
'In Nederland kom je tot ongekende roem als je de volle buit hebt binnengehaald.'

Bloembol 164
Hendrickje Spoor
'Ondanks alle talent, cultuur, geschiedenis en innovatie zijn we in mentaliteit vaak een klein landje gebleven.'

Haarlemmer Olie 170
Paul Witteman
'Het spul stonk zo hevig dat het wel moest helpen.'

Spionnetje 174
Elma Drayer
'Weinigen zullen de aandrift om de medemens te beloeren niet kennen.'

Vlaggetjes van Oranje 178
David Endt
'Dat helle, bijtende, scherpe of vaalvage oranje hebben we, tegen beter weten in, het etiket schoonheid opgespeld.'

Vlakspoeler 182
Adriaan van Dis
'Als ik iets niet schuw is het een bruine vinger.'

Mattenklopper 186
Kees van Kooten
'"Moet jij soms met de mattenklopper hebben?" Dat was voldoende om ons terug op de rails te krijgen.'

Pepernoot 190
Quinsy Gario
'Het strooien met snoep zou een verwijzing zijn naar de wil om een zoete toekomst te oogsten.'

Draaiorgel 194
Guido van Oorschot
'De man met de rinkelende centenbak kon Zwarte Frans heten of Schele Tinus, Sleepbeen of Lange Jan.'

Stormparaplu 198
Frits Abrahams
'In Nederland komen we pas tot leven als er iets te waarschuwen valt, vooral op weergebied.'

Drop 202
Thomas Heerma van Voss
'Dit is toch geen snoep? Wie eet dit voor zijn lol?'

Schaats 206
Maarten 't Hart
'Zal zo'n winter ooit nog aanbreken?'

Stroopwafel 210
Wim Brands
'Ook een vieze stroopwafel is nog steeds op een bepaalde manier lekker.'

Blokje kaas 216
Youp van 't Hek
'Ik vind een haring in Meppel al discutabel. Die moet aan zee!'

Sjoelbak 220
Herman Pleij
'Het sjoelen is optimaal ingericht voor ruzie en verzoeningsrituelen.'

Kroket 226
Ronald Hoeben
'Een slager heeft altijd vlees over en de kroket was een fraaie manier van restverwerking.'

Tompoes 232
Janneke Vreugdenhil
'De consumptie ervan tart elke vorm van etiquette.'

Geranium 238
Bram Bakker
'Achter de geraniums is geen wifi, en is de telefoon nog met een snoer verbonden aan de muur.'

Yoghurtuitdruiper 242
Alexander Rinnooy Kan
'Er valt meer te likken dan pannen alleen.'

Knikker 246
Frits Spits
'Knikkeren is onze eerste vingeroefening voor het grote werk.'

Kerksnoep 250
Beatrice de Graaf
'Orthodoxie voorzag in Wilhelmina-pepermunten, lekkere dikke, waar je voor een halve preek genoeg aan had.'

Over de auteurs 254

Vooraf

Wim Brands en Jeroen van Kan

Dit boek gaat over ons. Over ons gedrag, meer nog dan over de objecten die we hebben geselecteerd.

We hebben ons er allemaal weleens over verbaasd dat in veel buitenlanden wel recreatief wordt gefietst, maar dat er zelden kinderen of boodschappen worden vervoerd mct ccn ficts.

Die verbazing is Nederlands.

Het is de rol die wij de fiets hebben toebedeeld in ons dagelijks leven die ons karakteriseert. Niet het object, maar de relatie die wij ermee hebben, verraadt wie wij zijn. Dat geldt niet alleen voor de fiets, maar ook voor de andere objecten in dit boek.

De kaasschaaf hebben we niet uitgevonden – die eer komt toe aan een timmerman uit Noorwegen – maar dat het woord 'kaasschaaf' in het Noorse parlement zelden wordt gebruikt en in het onze wel, dat typeert ons.

Als de Nederlander moet bezuinigen, dan wordt daar vaak de spreekwoordelijk geworden kaasschaafmethode voor gebruikt, een methode die voorschrijft dat we uit elk potje een dubbeltje halen. Wij zijn nivelleringsfetisjisten. We verdelen de pijn. We heffen geen potje op, nee, we romen af. Geen beter symbool voor onze zucht naar consensus dan de kaasschaaf. Als iedereen iets inlevert, kan niemand verontwaardigd zijn.

Ook de koektrommel hebben we niet bedacht. Nederlands is het strikte beheer van de inhoud. We voeren een streng dekselbeleid, tot verbazing van veel buitenlanders. Gastvrij en vrijgevig zijn we, maar wel binnen zekere grenzen.

Soms schuilt het typisch Nederlandse eerder in de naamgeving dan in ons gebruik van het voorwerp. In Duitsland spreken ze van een *Handstaubsauger*, in Engeland van een *dustbuster*, maar wij noemen het een kruimeldief. Die vondst is ongetwijfeld afkomstig van een reclamebureau, maar dat dat bureau juist met deze naam kwam, zegt iets over ons.

Bij de samenstelling van de lijst met objecten voor dit boek hebben we ons in eerste instantie laten leiden door u. Tijdens het voorjaar van 2015 kon iedereen op de website www.objectiefzelfportret.nl voorwerpen aandragen, wat leidde tot honderden suggesties. Uit die groslijst stelden wij een longlist samen, die uiteindelijk tot eenenvijftig voorwerpen werd teruggesnoeid met de hulp van Alexander Rinnooy Kan en Beatrice de Graaf. Een wiskundige en een historica, dat leek ons een uitstekende combinatie.

Het indikken van de lijst betekende dat honderden voorwerpen sneuvelden. Soms vonden we dat jammer, soms waren we blij ergens van verlost te zijn. We noemen geen voorbeelden, om u niet voor het hoofd te stoten. U mist ongetwijfeld van alles. Dat kan ook niet anders, als je hebt besloten het aantal voorwerpen te beperken.

Streven naar volledigheid was van meet af aan onmogelijk, en ook niet onze bedoeling. We hadden ons, als een soort hedendaagse Diderot en d'Alembert, kunnen toeleggen op de samenstelling van een *Encyclopedie van Nederlandse Objecten*, maar dan had u dit boek nu niet in handen gehad. Dan was het ook zeker niet zo leesbaar geworden.

Het zijn deze objecten geworden, maar een andere keuze was even verdedigbaar geweest.

Wij hebben uiteindelijk gekozen voor de voorwerpen die, dachten wij, ons iets te vertellen hebben over ons nationale karakter. Vervolgens hebben we bij elk object een auteur gezocht. We gaven weinig instructies vooraf. Iedereen mocht het object naar eigen inzicht beschrijven.

Dit boek is daarom ook de weerslag van een onderzoek: wat gebeurt er als je mensen een stuk laat schrijven over een object waarvan jij vindt dat er Nederlands gedrag aan kleeft?

Het antwoord op die vraag heeft u nu in handen. Het resultaat is divers. Soms worden onze vooroordelen bevestigd, soms worden ze onderuit geschoffeld, sommige bijdragen zijn persoonlijk, andere meer feitelijk, maar ze houden ons allemaal een spiegel voor.

De laatste jaren is de behoefte aan zelfdefinitie steeds verder toegenomen. Niet eerder in de recente geschiedenis hebben we zo bereidwillig de peilstok in onze eigen cultuur gestoken. Wat maakt ons tot wie wij zijn? Wat onderscheidt ons van onze buren?

Ook die behoefte zegt iets over ons. Niet zozeer over wat het betekent Nederlander te zijn, maar vooral over wat het betekent om in deze tijd te leven. Het is een behoefte die zich niet alleen bij ons voordoet. In de ons omringende landen is ook sprake van een toegenomen nationaal zelfbewustzijn – of worden althans pogingen gedaan iets dergelijks opnieuw vorm te geven.

Soms komen daar naargeestige politieke bewegingen uit voort, die graag nieuw prikkeldraad willen uitrollen – niet alleen in fysieke zin, maar vooral ook in mentale.

Zet de grenzen open en iedereen kruipt tegen elkaar aan, en met iedereen bedoelen we dan de mensen die in de veronderstelling verkeren dat ze tot de 'echte' inwoners van een land behoren. Wie zoekt naar de grens tussen zelf en ander, zoekt die grens toch vooral om hem vervolgens streng te kunnen bewaken.

De afgelopen jaren werden we overspoeld met publicaties over Nederland. Er verschenen boeken over onze kleding, ons eten, onze kunst, onze literatuur, onze vergadercultuur, ons poldermodel, onze migratiepolitiek, onze schoenen, onze industrie, onze uitvindingen, onze wetenschappers... De meeste van die boeken hebben geen politieke agenda, maar ze proberen wel allemaal antwoord te geven op de vraag wie wij zijn.

Veel van die pogingen tot zelftypering bevatten een element van competitie of op zijn minst classificering. De verkiezing van de grootste Nederlander. De samenstelling van een canon, waarin is vastgelegd welke culturele voortbrengselen van Nederland het waardevolst zijn.

Wees gerust, dit boek gaat niet leiden tot de verkiezing van een Object des Vaderlands. We streven geen classificatie na en er is ook geen sprake van een wedstrijd. Binnen dit boek bestaat geen hiërarchie, net zo min als er een wetenschappelijk doel wordt nagestreefd.

Na het lezen van dit boek weet u nog steeds niet wie de uitvinder is van de fluitketel of wie waar en om welke reden de mattenklopper bedacht. Daar zijn andere boeken voor. Dit boek gaat immers over ons gedrag.

Toen we de lange lijst objecten bekeken die onze oproep had opgeleverd, werden we meteen voor een dilemma geplaatst. Veel suggesties leken te zijn ingegeven door nostalgie: bolknak, koffiemolen, klomp, draaiorgel, Friese doorloper... Was dat erg? Moesten we ons daartegen verzetten? Of moesten we onderkennen dat een boek over identiteit het niet zonder nostalgie kon stellen?

Nostalgie wordt pas problematisch als je er een verleden mee vervalst. De jaren vijftig waren verstikkend, de jaren zestig vol oproer, in de jaren zeventig lag iedereen met lang haar in een hoek een joint te roken en was partnerruil de norm. Allemaal beelden die niet bepaald recht doen aan de betreffende decennia, maar niettemin tamelijk onschuldig. Kwalijk is het pas als de nostalgie gebruikt wordt als filter om het verleden mee te zuiveren.

‘Waarom komen er in uw televisieserie geen buitenlanders voor?’ vroeg iemand eens aan Gerard Cox.

‘De serie heet niet voor niets *Toen was geluk heel gewoon*,’ antwoordde hij.

Toen de vragenstelster protesteerde tegen zijn reactie, beriep Cox zich ter verdediging op humor en verweet haar een gebrek daaraan. Over humor valt te twisten, maar zijn opmerking is in elk geval een voorbeeld van ruiterlijk toegegeven vervalsing van het verleden.

We besloten de lijst aan te vullen met objecten die nog te kort in ons leven zijn om veel nostalgie bij te voelen, zoals de xtc-pil, het festivalbandje en de bierfiets.

Hoe korter een object een rol in ons dagelijks leven speelt, hoe minder Nederlands gedrag eraan te ontdekken valt. Wij gebruiken de smartphone of de tablet niet anders dan een Duitser of een Fransman. We skaten hier ook niet anders dan in Californië.

Object en Nederlander hebben tijd nodig om een band met elkaar te ontwikkelen. Dat zou je een objectieve incubatietijd kunnen noemen.

Het is nog maar de vraag of we met objecten die recenter in ons leven zijn verschenen een band aan zullen gaan die we later als typisch Nederlands zullen beschouwen. Niet alleen de factor tijd speelt daarin een rol, ook de factor ruimte.

Specifiek gedrag ontstaat vooral in isolement. Dat isolement is verdwenen. Al onze communicatiekanalen staan de hele dag open. Het buitenland ligt één *swipe* of klik bij ons vandaan. We eten uit alle keukens die de wereld heeft voortgebracht. We zien op YouTube hoe iemand in Iowa make-up gebruikt of hoe iemand in Hongkong een nieuwe gadget demonstreert. Onze relatie met het object globaliseert.

Dit boek is derhalve ook een zwanenzang. Nostalgie is onvermijdelijk; we brengen een verdwijnende wereld in kaart.

Wij hopen dat u zichzelf herkent op het canvas. Als het goed is ziet u een zelfportret, opgebouwd uit objecten.

Daf

Wim Noordhoek

Het waren de dagen van de eerste auto's. Auto's, een mannenzaak. Vrouwen konden niet autorijden, dat was bekend. Mijn vader was een nerveuze man die snel uitvoer tegen kinderen. In de eerste Renault Dauphine zat het gezin dan ook muisstil, terwijl hij prevelend de richtingborden las.

Toen het buitenland nog het buitenland was, reed je erheen met de gezinsauto en keerde weerom met een achterruit vol plakplaatjes van verre bestemmingen. Grossglockner was de meest gerespecteerde.

Deed een medeweggebruiker iets stoms, dan was de reactie tijdens het passeren: 'Zie je wel, een vrouw.'

Toen tante Dicky een auto had gekocht, vielen de monden open. Een alleenstaande lerares Engels, die om alles giechelde als een schoolmeisje. Het was een bevlieging. Tante Dicky was bijna twee meter lang. Buiten haar aanwezigheid werd daarover gedempt gepraat.

'Nooit aan de man.'

Jurken kon ze niet dragen, broeken evenmin, rokken en dure zijden blouses droeg ze. En nu kocht ze een Dafje. De kleine auto zonder versnellingen waarin 'iedereen het wel kon'. Er werd door mannen diep op neergekeken.

De auto, het symbool van mannelijkheid. Hij verhief zich tussen hemel en aarde. Al wat daaraan afbreuk deed, viel in ongenade. Zoals de DKW, die Duitse Kinderwagen werd genoemd of, erger nog, de Goggomobil.

Geen man zou zich ooit vertonen in een Daf.

Op een warme dag probeerde tante Dicky haar Dafje uit. Op een stil landweggetje in de uiterwaarden bij Den Bosch. Ze belandde ondersteboven in een greppel. Het Dafje bleek total loss, tante Dicky kroop er ongedeerd uit.

Daverend gelach van mijn vader. Wat er gebeurd was? Er was een bromvlieg in de auto gevlogen, die ze al rijdend had geprobeerd te bevrijden.

Een auto was niks voor haar. Ongetrouwd bleef ze, tot ze tijdens haar vakantie in Engeland een Nieuw-Zeelandse miljonair ontmoette die haar binnenpretjes deelde, met haar trouwde en haar meenam naar zijn vaderland. Waar hij haar rondreed in zijn Rolls-Royce.

Wat de auto toen in gezinnen en ver daarbuiten teweeg heeft gebracht, is niet meer voorstelbaar. Toen mijn vader eenmaal zijn eerste had, heeft hij nooit meer gefietst. Fietsen was iets voor sukkels. Bij ons in de straat verschenen ze stuk na stuk. De 'VW', de Ford Consul, de Simca 1000, de Fiat 1100. Verschijnselen uit een andere wereld waar je driemaal omheen liep, je vinger langs het chroom en de lampen. De geuren waren uitheems. Het hete plastic, het kunstleer, de benzinedamp in de zomers. Sommigen zwoeren bij benzine van Shell, anderen bleven Esso trouw. Een auto werd ritueel wekelijks gepoetst. Eerst gewassen met een borstel aan de tuinspuit.

Geen enkel Dafje.

De tijd dat het buitenland het buitenland nog was. En files langer dan ze ooit nog zouden worden. Je bereikte het buitenland langs onafzienbare grensplaatsen naar België, Frankrijk en Duitsland, met douanestations tussen de cafés en lange wachttijden.

Mijn vader zou met de tweedehands Renault Dauphine en het gezin naar Zwitserland rijden. Waar we genadiglijk mochten logeren in het eeuwenoude chalet van de bevriende hoorspelschrijver Erwin Heimann, ook auteur van het populaire *Mit dem Auto auf Du* wat, leerde ik, 'Met de auto op stap' betekende. Een ernstig onderwerp.

Eerste buitenlandse reis. Over auto's en het buitenland werd avonden lang gepraat. Over de haarspeldbocht, de kokende motor, de *grüne Versicherungskarte.*

Mannen van de wereld schepten op over de geur van slippende koppelingsplaten. Onderweg had je veel panne, extra bougies, water en motorolie moesten mee.

De spanning steeg, de heenreis kwam. Ik was elf jaar oud en las kaart, mijn moeder hield achterin de kleintjes stil. Van een Duitse kennis had mijn vader gehoord over een dreigende noviteit op de gevreesde *Autobahn*: het Frankfurter Kreuz, het buitenmodel klaverblad. Voorbij Marburg steeg de spanning. Waar was het Frankfurter Kreuz? In de verte dook een knooppunt op met een viaduct.

Er werd door mannen diep op neergekeken.

'Het Frankfurter Kreuz,' riep mijn vader. Ik keek op de kaart en zei: 'Ik denk dat dit het Wiesbadener Kreuz is.' Maar hij leek in hoger sferen.

'Het Frankfurter Kreuz! Het Frankurter Kreuz!'

We sloegen rechts af. En kwamen in Wiesbaden. Moesten keren en de Autobahn weer terugvinden. Daar volgde inderdaad het Frankfurter Kreuz. We sloegen rechts af richting Basel langs gloednieuwe waarschuwingsborden: '*Falsch gefahren?*'

En nu waren we voorbij Thun, de Alpen verrezen rondom, het chalet naderde. De nurkse Heimann coachte mijn vader. In tergend langzaam Zwitsers dicteerde hij de onwetende Hollander: '*Zurückschalten.*'

'*Nochmal zurückschalten, im Zweiten. Auf dem Motor bremsen...*'

Daarna verdween hij naar Bern. Een week lang leefde het gezin in angst dat het chalet in brand zou vliegen omdat mijn vader rookte, wat Heimann *strengstens* verboden had.

De laatste drie dagen werden door mijn moeder besteed aan schoonmaken. Zwitsers zijn pijnlijk netjes, zei mijn vader.

De terugweg was wonderlijk kort. Het Frankfurter Kreuz vloog voorbij.

Ik werd achttien en moest en zou mijn rijbewijs halen. Maar na drie keer zakken reed de zeer Haagse rijschoolhouder van de Turfmarkt ons zwijgend naar Kijkduin. Hartje winter, sneeuw tussen het helmgras. We zagen uit over het lege strand, de zee. Naast ons hield een grote Russische wagen stil met een CD-kenteken. Er stapten drie mannen met bontmutsen uit, die langdurig overlegden. De rijschoolhouder maakte er geen woord aan vuil.

Hij zei: 'Drie keer gezakt. Weet u wat het met u is, meneer, u bent een zenuwlijder.'

Dat er iets niet in orde was met me, had ik gemerkt, maar hij was de eerste in mijn leven die er de vinger op legde. Hij verzon een list. Bij mijn volgende afrijden, in Rijswijk, zouden we het uur tevoren achter de voorgaande kandidaat aan rijden.

'Die examinator rijdt altijd hetzelfde rondje.'

Maar het ging anders dan verwacht. Waar ik de witte examen-Opel een uurtje eerder rechtdoor had zien rijden, zei de examinator nu: 'Tweede gelegenheid links.'

Ik reed rechtdoor.

Bierfiets

Mano Bouzamour

Mijn eerste biertje dronk ik tijdens de ramadan.

Mijn vader en moeder zijn nogal gelovig. Ze geloven in Allah en een heel legertje profeten wier namen zo ingewikkeld zijn dat ik ze nooit onthouden kan.

Mijn moeder heet Malika, koningin in het Arabisch. Ze heeft altijd een witte hoofddoek om. Ze heeft er een stuk of honderd, in alle tinten wit. En omdat ze een lange, slanke nek heeft, lijkt ze een beetje op een zwaan als ze een hoofddoek om heeft.

Mijn vader lijkt op Kees van Kooten. Maar dan met baard. Tijdens het Suikerfeest versiert mijn vader zijn baard altijd met margrietjes. Hij vertelt steevast dat er op die dag ineens bloemetjes op zijn baard groeien. Ieder neefje en nichtje gelooft hem, plukt een margrietje van zijn baard en krijgt een zakje snoep.

Mijn ouders zijn op 7 juli 1974 aangekomen in Amsterdam. Op die dag vond de WK-finale plaats waarin Nederland tegen West-Duitsland speelde. Ze keken met de koffers tussen de benen naar de wedstrijd op een terrasje van een café op de Ceintuurbaan, tegenover het Sarphatipark.

Na de verloren wedstrijd begon iedereen met bier te smijten en mijn vader dacht er serieus aan om zich niet in Nederland maar in Duitsland te vestigen. Hij had nog een broer in Aken die hem daar wegwijs kon maken. Maar mijn moe-

HAVE
A NICE RIDE
BORISBUS.COM
DAMTOURS
BORISBUS.COM
DAMTOURS
BORISBUS.COM
DAMTOURS

ders overredingskracht zorgde ervoor dat ze het even zouden aankijken. Even aankijken duurde godzijdank tot de dag van vandaag, anders zou ik een Duitser zijn geweest. Kun je het je voorstellen? Een Marokkaanse mof? Man, dat is een scheldwoord met nucleaire lading.

Maar goed.

We woonden jarenlang naast het café. Op de derde verdieping van een statig, maar sleets pand. Daar ben ik geboren in het voorjaar van 1991. Aan de andere kant zetelde een drukbezocht bordeel. Het eeuwige gelul van bezopen stamgasten en het gekreun en gehijg van prostituees wiegden ons in slaap. Op extreme dagen schudde mijn vader het hoofd en zei, terwijl hij met een rotvaart de kralen van het gebedskransje telde: 'We wonen te midden van barbaren.'

Zo rond de millenniumwisseling stond er volgens mijn vader 'een verschrikkelijk verschijnsel' op de stoep. Hij noemde het 'de wagen van Satan' en vervolgde steevast: 'Ze zijn zich er niet van bewust dat ze zo de vurige valleien van de hel in denderen.'

Op het dak van dat ding stond: www.bierfietsverhuur.nl.

Als ik niets te doen had – als kind had ik bijna nooit iets te doen, verveling was mijn grootste vriend – keek ik urenlang uit het raam naar mensen die op het terras van het café zaten. Tegen een uur of zes stapten er negen man op de bierfiets. Vier aan elke zijde. Plus de bestuurder, die vreemd genoeg altijd Bob heette.

De Bobs bestuurden de kermisattractie behendig met de heupen als zij een bocht maakten. Bier drinkend, zingend en flink op de pedalen trappend, verdwenen zij richting het Frederiksplein om een tochtje door het centrum te maken.

Wanneer ik ze uit het oog verloor, stelde ik mij altijd voor hoe ze door de stad fietsten. Langs de glazige grachten, die er soms zo vredig bij lagen dat ze de boterkleurige lichtkringen van de lantaarns weerspiegelden. Op de kades langs de Amstel, de bakstenen bruggen op en af waardoor de lallende lui het gevoel in de buik kregen alsof ze eventjes zweefden.

Door de Utrechtsestraat, langs de bomvolle barretjes, terwijl ze onduidelijke teksten naar de mooie meisjes schreeuwden die buiten met een wijntje in de hand deden alsof ze gezellig met elkaar stonden te kletsen, maar stiekem hopeloos stonden te wachten op een sympathieke klootzak die ze van de saaie gesprekken zou verlossen.

Daarna over de verlaten Albert Cuyp-markt, door een meute kijvende meeuwen die om hen heen opstoof als een zwerm kwade engelen. Langs de schimmige gitaarjunkies die schichtig overstaken en iedere voorbijganger om saffies of kleingeld vroegen.

Ik weet nog dat ik dacht: zó smaakt de hel.

Langs de schaarsgeklede oma's aan de Ruysdaelkade, die tegen de rode ramen ramden om geramd te worden en ook nog eens schaamteloos op hun allergeilst met de bierbende sjansten. Arme oma's, ben je tegen de honderd en sta je daar een beetje met jezelf te pronken in een verpieterd leren pakje, om maar te zwijgen over de handelswaar.

Langs de louche kroegen aan de kade, waar met lange halen de lach werd uitgelaten. Langs de penozegozers met hun kauwgumkauwende kale koppen, die naar hun kostbare kloteklokkies keken terwijl het tuig teugjes nam van wodka-appelsap.

De bierfiets reed vervolgens door, over de Ceintuurbaan, onder de immense platanen door die over de weg buigen en elkaar bijna broederlijk lijken te willen omarmen – de basten schilferend alsof ze aan een huidziekte lijden. Anderhalf uur later verschenen ze weer op de stoep, bezopen en vermoeid.

Door de bierfiets verkende ik de uitgestrekte velden van de verbeelding.

Toen ik begon te puberen, vroeg ik mijn ouders of ik mijn verjaardag met mijn vriendjes op de bierfiets mocht vieren. Om het daarna spetterend af te sluiten bij onze andere buren.
Mijn moeder wees naar mij en zei: 'Dit kind, het gaat regelrecht naar de hel.'

Ik kan mij de dag dat ik voor het eerst een fluitje in mijn handen gedrukt kreeg van de cafébaas nog haarfijn voor de geest halen. Mijn vader en ik waren net klaar met het vrijdaggebed in de moskee – het was tijdens de ramadan. De dikbuikige cafébaas, wiens naam mij ontschoten is, riep mij terwijl hij van de bierfiets afstapte. Hij vroeg of ik hem wilde helpen het ding schoon te maken. Ik zou er twee knaken voor vangen. Ik keek mijn vader aan, hij knikte en liep de trap op.

Voor de gele doekjes en een emmer warm water met sop moesten we het café in.

BORISBUS.COM
DAMTOURS
HAVE
A NICE RIDE
BORISBUS.CO
DAMTOURS

De geur van verspild bier en sigarettenrook kroop mijn neusgaten in en nestelde zich voor eeuwig in mijn brein. Het leek alsof ik me in een commercial van Heineken bevond. Ik kende de bierreclames die na een voetbalwedstrijd op televisie verschenen uit mijn hoofd. Een groep vrienden die onderuitgezakt zat, elkaar flesjes doorgaven om die tegelijkertijd te openen en er heldhaftig uit te drinken. Onder aan het tafereel stond meestal de tekst: *Geniet, maar drink met mate.*

Als kind dacht ik dat *drink met mate*, drink met je vrienden, met je maten, betekende!

Maar goed.

Na een halfuur boenen waren we klaar. De bierfiets druppelde na toen ik vijf piek in mijn borstzakje geschoven kreeg. De cafébaas had dorst, vertelde hij terwijl hij zich met moeite achter de smalle bar wrong. Wonderlijk vond ik het hoe hij de biertjes met een zekere nonchalance tapte voor de stamgasten.

Hij wenkte mij en zei: 'Kom er maar eentje tappen.'

Met ingehouden tegenzin, waggelde ik naar hem toe. Na wat geklungel, had ik het al snel onder de knie. Ik vond het verdomd leuk! Ondertussen keek ik voortdurend naar het deurraam: als ik mijn vader zou zien, zou ik meteen ineenduiken.

De cafébaas reikte mij een zelfgetapt fluitje aan en zei: 'Drink het op, je hebt het verdiend.'

Ik sloeg het met een geheven hand af en zei: 'Ik ben aan het vasten.'

'Eén slokkie maar.'

Ik keek hoe de belletjes in het bier naar het schuim aan de oppervlakte raasden. Ik keek naar het deurraam en toen naar het fluitje. Mijn mond was droog. En ik weet nog dat ik dacht: zó smaakt de hel.

Verdomd lekker.

Fluitketel

Christine Otten

Die van mij jankt als een dreinend kind wanneer het water begint te koken. Eerst zacht, zeurend, alsof hij zich beetje miskend voelt. Als ik dan niet snel genoeg het gas uitdraai, zwelt het jengelende fluiten aan tot een regelrecht schreeuwen: *kom nou, schiet op, anders breekt de hel los.*

Toch heb ik een sterke band met mijn fluitketel. Ik drink zo ongeveer zes koppen (groene of Marokkaanse) thee op een dag, de meeste tijdens het schrijven en ieder kopje zet ik vers. Ik kook het water in een oude, inmiddels zwartgeblakerde fluitketel van de Hema. Ik heb wel een poosje een elektrische waterkoker gehad, ook van de Hema trouwens, maar dat ding zorgde voor kortsluiting, waarop ik gauw weer mijn gebutste ketel tevoorschijn haalde. Met een licht gevoel van opluchting, want ergens vond ik het zielig dat ik hem zo respectloos had afgedankt, ergens voelde het als verraad dat ik de ketel in een donkere kast had opgeborgen. Niet per se aan die ketel, maar aan datgene waarvoor hij in mijn beleving stond: mijn familieachtergrond.

'Heb je nou nog die vieze oude ketel? Bij de Blokker zijn de waterkokers in de aanbieding. Iedereen heeft tegenwoordig een waterkoker,' zei mijn moeder, toen ze laatst bij me was in Amsterdam-Noord. Het klonk nogal bestraffend.

Wat moet je met zo'n armoedig ding?

Zij woont in Deventer, op Knutteldorp, een oude arbeiderswijk aan de rand van de stad, dicht bij de IJssel. Een paar honderd meter van het huis waar ze als kind opgroeide met mijn opa en oma. Mijn grootvader was worstelaar, acrobaat, nettenknoper, bouwvakker en communist. Hij had ooit, voor de oorlog, een eigen café in de oude Middeleeuwse binnenstad van Deventer. Dat pachtte hij van Oranjeboom, de bierbrouwerij.

Op de maatschappelijke ladder had een eigen café natuurlijk meer aanzien dan wanneer je je als loonslaaf verhuurde, maar mijn grootmoeder (die uit een gezin van anarchistische geheelonthouders kwam) had een hekel aan het caféleven, en dus verhuisden ze met hun drie dochtertjes naar Knutteldorp en zocht mijn opa ander werk.

Als kind kwam ik graag bij mijn grootouders. Hun woning aan de Meester de Boerlaan had iets mysterieus, ik weet niet precies waarom. De 'zondagse' voorkamer werd niet gebruikt; opa en oma zaten altijd aan de grote tafel, waarop een donkerrood Perzisch tapijt lag. Als je je vlakke hand erop legde, kon je de weerbarstige wol zo heerlijk heen en weer bewegen.

Ze hadden boeken met titels als *Misdadigers. Roman uit het leven der Parijsche Anarchisten* in hun kast staan. En er was thee. Zodra wij op bezoek kwamen, zette oma het gas aan onder de fluitketel en als de ketel floot, verdween ze in de keuken. Even later kwam ze weer de woonkamer in met een dampende pot verse thee en bijpassende porseleinen kopjes.

Bij mijn andere grootouders op Rivierenwijk stond de ketel ook altijd op het fornuis, klaar voor gebruik. Mijn opa en oma van vaderskant waren ook arbeiders: mijn grootvader werkte als opperman in de bouw en later als een soort manusje-van-alles bij Kluwer, de bekende uitgeverij.

De oude Kluwer had die baan hoogstpersoonlijk voor hem gecreëerd; tijdens de bouw van het nieuwe, monumentale huis van de familie Kluwer, waar mijn opa als stenensjouwer bij betrokken was, viel het de vrouw van Kluwer namelijk op dat mijn opa zo leuk omging met hun autistische zoon. Hij maakte geintjes met hem, terwijl de meeste andere mensen de jongen liever meden.

Maar mijn grootvader leed aan een chronische longziekte en kon al snel niet meer werken, waardoor mijn vader en zijn broer in armoede opgroeiden. Als kind associeerde ik die armoede met het aangekoekte melkpannetje dat in mijn herinnering altijd op het fornuis stond, naast de fluitketel.

Doordat mijn vader goed kon leren en boekhouder werd bij een tapijtfabriek, en trouwde met mijn moeder, die uit een arbeidersmilieu kwam waarin de verheffing middels onderwijs en cultuur (toneel, zang, literatuur, sport) hoog stond aangeschreven, wisten mijn ouders op te klimmen tot de nieuwe naoorlogse middenklasse. Mijn vader werd weliswaar voor zijn vijftigste afgekeurd vanwege psychiatrische klachten en belandde in de WAO, maar toen waren we al wel verhuisd naar een nieuwbouwwijk aan de rand van Deventer, waar goede scholen waren, met bevlogen leraren.

Mijn broer en ik stroomden door naar het hoger onderwijs, maar op een of andere manier zit die arbeidersachtergrond toch in je, of je nu wilt of niet. Dat oergevoel dat je niets zomaar cadeau krijgt in het leven, dat je keihard moet werken, knokken, wil je iets bereiken. En altijd sluimert de angst om dat wat je hebt bereikt weer kwijt te raken.

Misschien beschrijf ik een gewoon, universeel, menselijk gevoel, maar voor mij is het verbonden met mijn familieachtergrond en de fluitketel symboliseert dat.

Ik vind de fluitketel echt *working class*. Ik gebruik dat Engelse woord omdat zelfs nu het grootste deel van de Britse bevolking elektrische waterkokers gebruikt, ze het nog steeds hebben over de *kettle*.

Shall I put the kettle on?

De Britten eren hun erfgoed. Ik heb geen wetenschappelijk bewijs voor mijn classificering van de fluitketel als voorwerp van de arbeidersklasse, maar het is logisch te veronderstellen dat de 'hogere' klassen vroeger niet zelf de *kettle* op het vuur zetten. Virginia Woolf dronk veel thee, maar liet die altijd door haar dienstbode, voor wie ze overigens bang was, zetten (lees haar dagboeken).

In Nederland was het natuurlijk niet anders. Jammer dat wij het niet meer hebben over 'de ketel opzetten'. Het is volgens mij erg Nederlands om een gebruiksvoorwerp, wanneer dat vervangen wordt door een moderner, efficiënter apparaat, dan ook maar meteen uit onze taal te weren, alsof het niet meer welkom is, of 'ouderwets'. Alsof het ons zou hinderen in het opstoten in de vaart der volkeren.

Wat moet je met zo'n armoedig ding?

Dat soort 'nuchter' Hollands pragmatisme is eigenlijk behoorlijk liefdeloos, vind ik. De fluitketel verdient zo'n treurig lot niet. Een fluitketel hebben in plaats van een elektrische waterkoker is niets om je voor te schamen. Misschien moeten we de uitdrukking 'de ketel opzetten' gewoon hernemen.

Kijkend naar mijn lelijke, zwartgeblakerde fluitketel borrelt er van alles op, maar één woord zoemt als een mantra door mijn kop: troost.

Fluitketel = warme thee = troost. Zoiets.

Toen mijn vader een paar jaar geleden onverwacht overleed, deden we niets anders dan 'de ketel opzetten'. Het is ongeveer het meest basale, eerlijke, bescheiden gebaar dat je kunt maken als je iemand (of jezelf) wilt troosten.

Grappig dat mijn moeder juist blij is dat ze van haar fluitketel af is. De mooie, glimmend witte waterkoker staat zoveel netter en opgeruimder in haar keuken, vindt ze, zoals ze ook blij is met haar ruime flat aan de 'buitenkant' van Knutteldorp. Vanuit haar woning kijk je uit op de hippe, nieuwe buurt aan de overkant, waar een kunstuitleen is en een galerie en café, waar volgens haar de echte, 'volkse' Knutteldorpers zich niet thuis voelen (maar zij wel).

Mijn fluitketel verbindt me juist met (wat ik zie als) het volkse in mijn achtergrond. Met dat stuk ervan waar ik trots op ben en mijn demonen mee te lijf ga: vechtlust, overlevingsdrang, eigenzinnigheid.

Op een of andere manier is dat een hele troost.

Tuinkabouter

Gerry van der List

Over linkse terreur is in Nederland nooit zo moeilijk gedaan. Aanslagen op supermarkten en tankstations, brandstichtingen bij fokkerijen en slachterijen, bezettingen van boorplatforms en kantoren: het schijnt hier als een soort folklore te worden beschouwd, waarbij de goede bedoelingen van de daders zwaarder wegen dan de ellende van de slachtoffers. Dat Wil Schuurman, de partner van Centrum Democraten-leider Hans Janmaat, ten gevolge van een door zogenaamde antifascisten aangestoken brand bij een partijbijeenkomst een been verloor, leidde zelfs eerder tot lachlust dan tot verontwaardiging.

In dit geestelijke klimaat past vanzelf een milde bejegening van het tuinkaboutersbevrijdingsfront. Sinds de eeuwwisseling hebben in Nederland terroristische groeperingen als het Kabouter Bevrijdings Front (KBF) en het Kabouter Actie Front (KAF) zich op brute wijze toegang verschaft tot de tuinen van brave burgers om daarna tot roof over te gaan. De media berichtten vrolijk over deze diefstal. Journalisten leken het wel een geinige stunt te vinden. Zeg maar: ludiek. Uiteraard ondernamen de autoriteiten geen enkele actie om de misdadigers op te sporen en te berechten.

Toch is de jacht op de tuinkabouter een verontrustend teken. Overal waar hij wordt aangevallen, is sprake van onverdraagzaamheid en onderdrukking. Kijk naar zijn geboorteland. In Duitsland heeft de tuinkabouter blootgestaan aan ern-

stige vervolging. De nationaalsocialisten zagen in hem een afschuwelijk symbool van kleinburgerlijkheid en na de oorlog moesten communisten er evenmin iets van hebben. De fabrikanten verhuisden van de DDR naar het vrije Westen, waar consumenten niet gedicteerd krijgen wat ze mooi moeten vinden.

Overal waar hij wordt aangevallen, is sprake van onverdraagzaamheid en onderdrukking.

Het is triest dat juist intolerante Duitsers zo tegen de *Gartenzwerg* hebben geageerd, want de tuinversiering vond in de tweede helft van de negentiende eeuw in hun land haar oorsprong. Het ventje van aardewerk met zijn puntmutsje, baard en appelwangetjes sloeg daar snel aan bij de middenklasse. Nog steeds fabriceren de Duitsers een groot deel van de mondiale kabouterpopulatie.

Nederlanders hebben de Duitse uitvinding omarmd. Zeker de bewoners van de vaderlandse buitenwijken en voorsteden hebben de hoon en spotternij van de culturele elite getrotseerd en hun tuinen leuker en aantrekkelijker gemaakt met de schattige mannetjes.

In allerlei vormen en maten. Van plastic, keramiek of steen, met gietertje, schepje of kruiwagentje. Maar altijd met muts en baard. Een feminisering van het culturele erfgoed heeft zich gelukkig nog niet voorgedaan. De tuinkabouter roept associaties op met de gelukzaligheid van de man alleen in de Hof van Eden, voordat de vrouw voor problemen kwam zorgen.

Een kabouterbezitter die per ongeluk in kringen van VPRO-leden en NRC *Handelsblad*-lezers belandt, merkt dat hij zich nog altijd moet verdedigen voor zijn voorkeur.

De term 'kitsch' wil in zulke confrontaties nog weleens vallen, een even vage als denigrerende aanduiding voor dingen die gewone mensen mooi en ontroerend vinden.

Wel is het zeker zo dat massaproductie de tuinkabouters geen goed heeft gedaan. Je kunt ze tegenwoordig al voor een habbekrats bij Blokker kopen. Meestal gaat het dan om Aziatische troep van plastic.

Tegelijkertijd valt een zekere *upgrading* van het burgerlijke fenomeen te signaleren. Zo heeft Philippe Starck een kabouter geproduceerd. Bijzonder, omdat dit een gerenommeerde ontwerper schijnt te zijn. De Fransman kreeg het wel aan de stok met verbijsterde bewonderaars, die zich boos afvroegen waarom hij zich inliet met een toonbeeld van volkse wansmaak.

Maar wij, liefhebbers, kunnen best zonder de steun van types als Starck. Wij wandelen met ons gezinnetje lekker rond door het Rijk der Kabouters in het Drentse Eext. Om vervolgens, na het eten van poffertjes op het terras, een keus te maken uit het aanbod van minimannetjes in de winkel van het paradijselijke oord.

De tuinkabouter is een verrijking voor elke burgermanstuin.

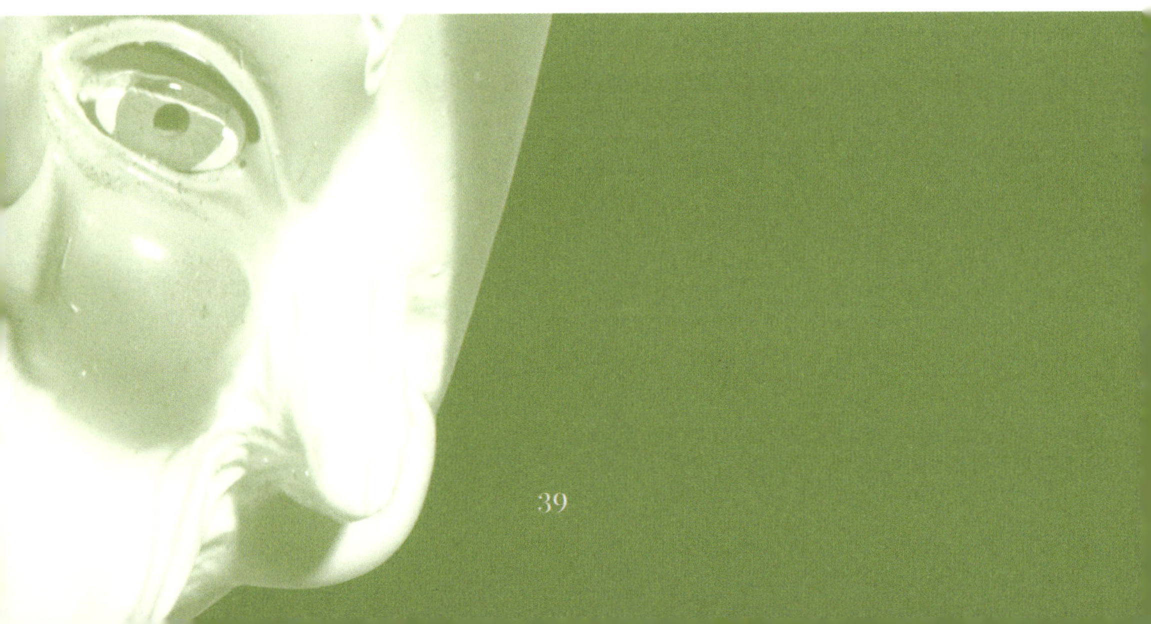

Stamper

Marjoleine de Vos

En wat is nu echt een Nederlands gerecht? vroegen de Françaises die ons, een klein groepje Nederlanders, zojuist de geheimen van hun korstdeeg en hun *embeurré de choux vert* hadden onthuld.

Tja.

Daar sta je dan weer eens keihard te proberen niet aan erwtensoep te denken. Maar natuurlijk zei iemand het: erwtensoep. *Avec du* rookworst *et du* roggebrood.

En toen, zachtjes, alsof de Franse oren direct dit schaamtevolle woord zouden oppikken, zei een van ons: stamppot.

Men krimpt in elkaar van culinaire schaamte dat dat is wat wij de wereld te bieden hebben. Zoiets heerlijks als zuurkool – denk aan een Elzassische zuurkoolschotel met casselerrib en bloedworst – door de aardappelen stampen. Waarom? Wat is de verbetering?

En daar kwam ook, gepaard gaande met onbedwingbare giechels, de hutspot – kan het viezer, in water gekookte uien en die dan door de aardappelen stampen. De geur alleen al.

Niet dat er geen heerlijke hutspot mogelijk is. Zeker wel. Wij kunnen in Nederland ook wel wat. Maar dan moet je anders beginnen, bij het vlees, dat je langdurig heel zacht moet laten pocheren om dan in het geurige stoofvocht de fijngehak-

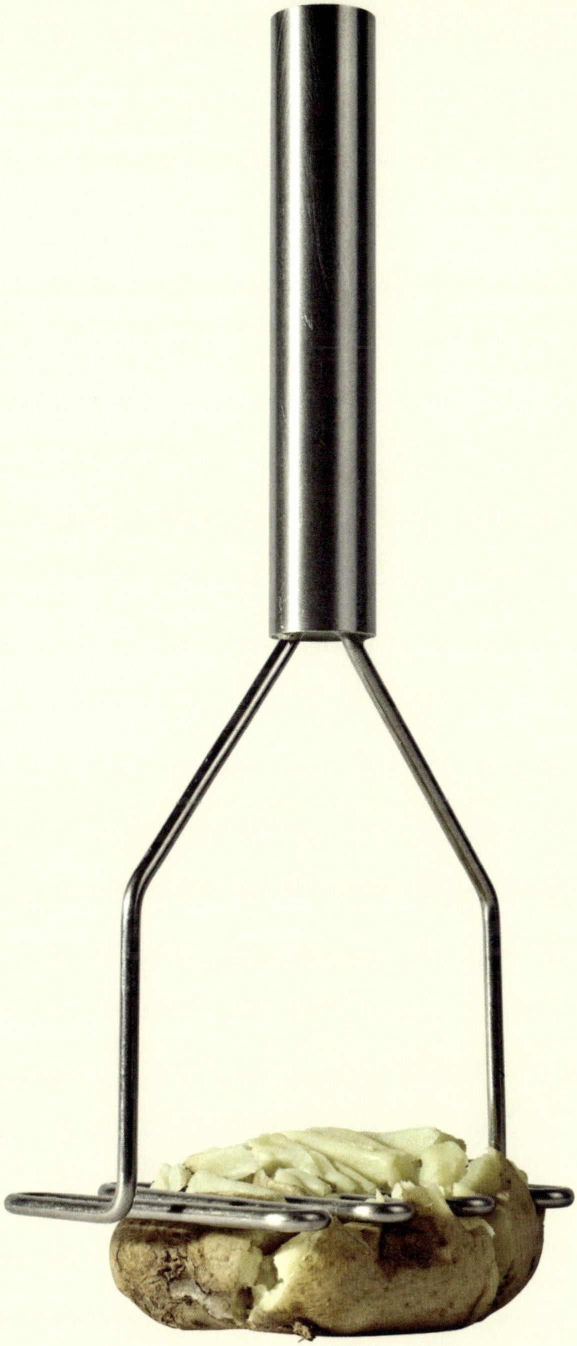

te wortelen en uien en aardappelen gaar te laten worden. Dan even met de stamper – wat is stamper in het Frans?

Niemand die het wist.

We probeerden het uit te leggen. Iemand tekende een ding dat zeer herkenbaar was als je uitgaat van een voorstelling van een stamper, maar minder als je geen flauw idee hebt waar we het eigenlijk over hebben.

Later het woord opgezocht: *pilon*. Maar als je pilon weer terugzoekt, zie je dat het vooral gaat om een stamper zoals we die kennen uit een vijzel, zo'n gladde, ronde, staafachtige stamper. Niet om een puree-, dan wel stamppotstamper.

Zelfs als de Fransen ergens in een keukenwinkel zo'n ding zouden kunnen kopen, dan nog blijft het feit dat de stamper voor hen beslist geen onderdeel is van hun culturele identiteit. Voor ons wel.

Al die vertrouwde rekjes met dingen die in geen keuken mogen ontbreken: een soeplepel, een schuimspaan, een stamper. Daar zonder kan een Nederlandse huisvrouw niets beginnen.

Kón niets beginnen. We zijn natuurlijk wel veranderd. Nederlanders eten allang niet meer vooral stamppot en erwtensoep, wij fluiten onze buitenlandse deuntjes mee en maken couscous- en parelgortsalades, we eten houmous en gebruiken *balsamicoglaze* voor onze sauzen en er zijn zelfs Nederlandse boeren die eersteklas buffelmozzarella maken, dus het zou flauwekul zijn om ons weg te zetten als achtergebleven eters die niet verder komen dan stamppot.

Er is iets onuitsprekelijk bevredigends aan gestampte gerechten waarbij men niet te zuinig is omgegaan met vet.

Alleen is het nogal raar om in het buitenland te gaan beweren dat je zo trots bent op de Nederlandse mozzarella.

En als je eerlijk bent: wat is het leven zonder andijviestamppot met spekjes? Denk alleen al aan het heerlijke geluid van de stamper, die steeds sneller, steeds soepeler door het mengsel van fijngesneden rauwe groenten en hete aardappelen gaat, scheutje warme melk erbij, klontje boter (nu ja, 'klontje', beter is niet te zuinig te zijn), net zo lang tot je een smeuïge, soepele stamppot hebt. Karbonaadje erbij –

en stiekem denk ik dan dat die Fransen op kunnen zooien met hun zogenaamd zoveel verfijndere gerechten. Dit hier is heerlijk.

Maar zoiets zeg je niet hardop en als ik maar even nadenk, winnen natuurlijk de vele verschillende en van boers tot verfijnd reikende Franse keukens het met gemak van alle Nederlandse streekgerechten bij elkaar. En toch.

Er is iets onuitsprekelijk bevredigends aan gestampte gerechten waarbij men, dat is echt belangrijk voor de voldoening die het resultaat kan schenken, niet te zuinig is omgegaan met vet. Vet in de vorm van spekjes, boter, room of volle melk. Ai – waar is de stamper, opdat ik stamppot maak!

De ideale stamppot is niet alleen zacht, maar heeft ook nog wat knapperige of stevige elementen, erin of ernaast. Anders kon je met al je gestamp wel in een soort bejaarde baby veranderen, voedselgewijs. En dat is slecht voor onze hersenen, die veel baat hebben bij goed kauwen.

Echt waar. Goed kauwen verhoogt de doorbloeding van het brein. En het bevordert de spijsvertering in het algemeen. Dus alles fijnstampen is nu ook weer niet de bedoeling. Al zijn smoothies en drinkontbijten en allerlei zalvige hapjes nog zo in de mode, we moeten het kauwen in ere houden.

Het kan weleens lijken, door al dat malen dat men nu doet, dat de stamper is verdrongen door de staafmixer of de keukenmachine. Maar dat is een misverstand. Wie weleens geprobeerd heeft aardappelen in een keukenmachine of met een staafmixer te pureren, weet dat dat niet kan. De mesjes van die machines draaien te snel voor de aardappel en je krijgt lijm. Prima om mee te behangen, maar niet geschikt voor consumptie.

Wie de aardappel extra fijn gestampt wil hebben, kan een speciale pureestamper nemen, met veel kleine ronde gaatjes in plaats van zo'n roestvrijstalen gebogen draad. Of een pureeknijper natuurlijk.

Het spijtige van de pureeknijper, die veel internationaler is dan onze stamper, is behalve dat je dat karakteristieke, bonkende geluid en die krachtige stampbewegingen mist, dat je maar moet zien hoe je al die gloeiendhete, gemakkelijk uiteenvallende aardappelen steeds overhevelt uit de pan, de knijper in.

Waar je al spoedig aan denkt, al knijperend en knoeiend en je vingers verbrandend, is aan een instrument dat al deze problemen zou verhelpen.

Een stamper.

Dat ze daar in het buitenland nu zo weinig aan denken.

Kingsize vloei

Eric Duivenvoorden

Het had iets van een verzetsdaad, een samenzwering tegen het klootjesvolk. Afgezonderd van de buitenwereld kwamen we bij elkaar in een spaarzaam verlichte kamer. Een groepje scholieren, neergezegen in een grote hoeveelheid comfortabele kussens.

Het brokje hasj, bemachtigd via een geheime huisdealer, werd betast, besnuffeld en vol verwachting toevertrouwd aan degene die het ritueel zou leiden. Drie vloeitjes werden op vakkundige wijze bevochtigd en aan elkaar geplakt, twee naast elkaar, de derde er dwars op. Als mondstuk diende een opgerold stukje stevig papier, dat werd afgescheurd van de verpakking van de vloei.

Zo'n gedeeltelijk opgesoupeerd pakje vloeitjes was jarenlang het teken waaraan de hasjrokers elkaar herkenden: dat is er een van ons.

Op de ondergrond van de aan elkaar geplakte vloeitjes kwam een bedje van halfzware shag, waarop met de nodige toewijding de van het klompje hasjiesj afgepulkte kruimeltjes verdeeld werden.

Het meest precaire gedeelte van de voorbereidende werkzaamheden brak aan als het hele gevaarte met het nodige ontzag werd opgeheven en met licht masserende bewegingen van de vingertoppen tot een rookbaar product werd gekneed. Maar een strakke joint rollen die was samengesteld uit aan elkaar geplakte vloeitjes was een vaardigheid die gelegenheidsblowers als wij maar moeilijk on-

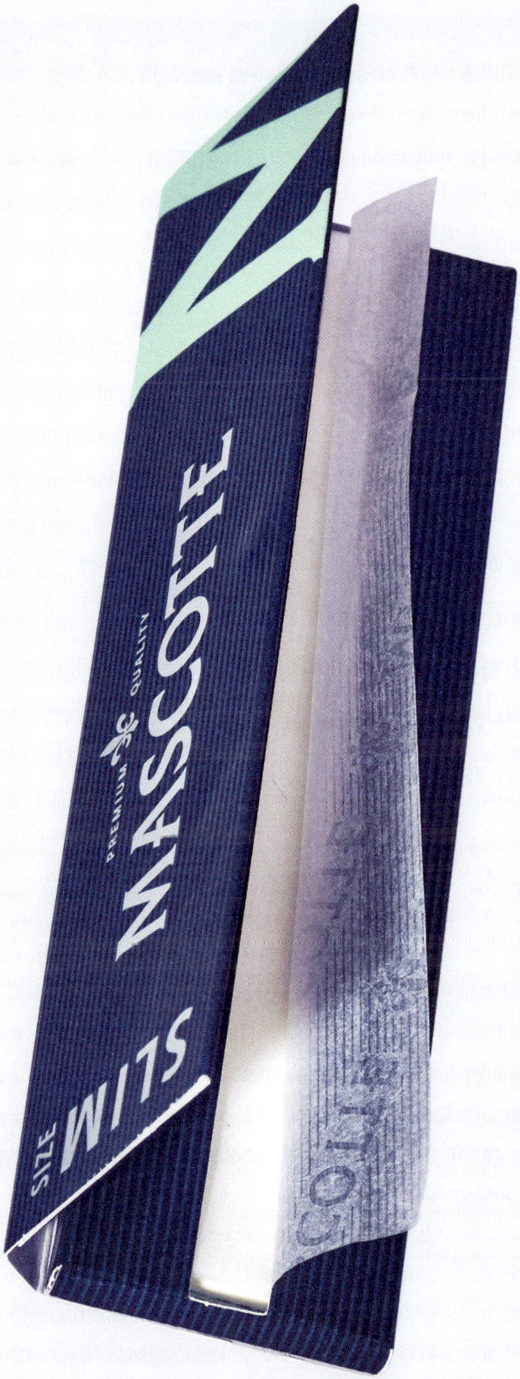
SIZE
SLIM
MASCOTTE
PREMIUM QUALITY

der de knie kregen. Hoe vaak zaten we niet opgescheept met een schots en scheef gedrocht, dat tijdens het roken ook nog eens langzaam uit elkaar begon te vallen. Zo'n derdehands weekendsigaar heeft menig rookritueel wreed verstoord.

Misschien werden we er te ongeduldig voor. We hadden het langzamerhand wel gehad met dat eindeloze, verheven gezweef. Eind jaren zeventig breken de punk en the new wave door. Uitgesponnen klankenbrij die je langzaam op je in moet laat werken, maakt plaats voor strakke, stampende ritmes in direct genietbare proporties.

Dat die nieuwe muziek zich ook heel goed liet combineren met het roken van cannabis, daar kwamen we snel achter.

Er werd ons wat dat betreft ook weinig meer in de weg gelegd. Ongeveer ten tijde van de eerste punkconcerten krijgt het ongestoorde gebruik van softdrugs de zegen van het establishment.

Hoe vaak zaten we niet opgescheept met een schots en scheef gedrocht dat tijdens het roken ook nog eens langzaam uit elkaar begon te vallen.

Om te voorkomen dat de hasj- en marihuanagebruikers af zouden glijden naar de veel gevaarlijkere harddrugs, wordt in Nederland in 1976 de meest liberale drugswetgeving ter wereld ingevoerd. Het bezit van een kleine hoeveelheid softdrugs (tot dertig gram) is nog net niet legaal, maar van vervolging is geen sprake meer.

De herziening van de Opiumwet geeft de handel in cannabis een *boost* die door weinigen voorzien zal zijn. In een paar jaar tijd komen er vele honderden verkooppunten bij, die door de autoriteiten met rust gelaten worden.

Met het ontstaan van een uitgebreid netwerk aan coffeeshops verdwijnt ook de subversieve en gewijde sfeer waarmee het roken van hasj en marihuana in het flowerpowertijdperk nog was omgeven. Voor een nieuwe generatie gebruikers is het roken van een joint net zo normaal als het drinken van een glas bier. En net als elders worden ze met een keur aan producten verleid tot consumptie op maat.

Een van de eerste dingen waar het nieuwe assortiment in de coffeeshop ons van verloste, was het gestuntel met de aan elkaar geplakte vloeitjes. In een vitrine op de toonbank verschijnen, naast een keur aan hasjpijpjes, ook de eerste pakjes met kingsize vloei. Wat een opluchting! De vloei is direct klaar voor gebruik en staat garant voor een ongestoorde rookervaring.

Al snel worden in de coffeeshops dankzij de kingsize vloei ook de eerste kant-en-klare joints aan de clientèle aangeboden. Ze vinden hun weg naar een nieuwe doelgroep van instantgenieters, voor wie de oude rituelen geen enkele betekenis meer hebben. In de recentste onderzoeken wordt vastgesteld dat inmiddels driekwart van de Nederlandse jongeren ooit softdrugs heeft gebruikt. Een aanzienlijk gedeelte hiervan hoort tot de regelmatige gebruikers.

Tegenwoordig bestaat er kingsize vloei in honderden varianten (ongebleekt, waterafstotend, 100 procent hout) en smaken (aardbei, chocolade, druif et cetera) en is die behalve in de coffeeshops bij iedere tabakshandelaar te koop.

Het is waarschijnlijk het eerste product dat speciaal voor de drugshandel door de reguliere industrie in massaproductie is genomen. En daarmee staat de kingsize vloei, behalve voor normalisering van het softdrugsgebruik in Nederland, vooral symbool voor een verdere verburgerlijking van die eens zo alternatieve genotscultuur.

Festivalbandje

Niña Weijers

Iedereen die weleens een festivalbandje heeft gedragen, weet: doorknippen is een melancholisch stemmende aangelegenheid. De magie is verbroken, de wereld draait weer zijn voorspelbare rondes rond de zon en wat voor even buigzaam was is als vanouds gestold.

Toen ik zestien was, begon ik voorzichtig met allerlei zaken waarvan ik dacht dat die mij een volwaardig persoon zouden maken. Ik dronk op een avond een halve fles Tia Maria leeg en kotste die ook weer uit, probeerde een vriendje uit, las *De ontdekking van de hemel* en, vooral, spendeerde mijn hele afwasserssalaris aan cd's. Daar zat ik, op mijn slaapkamer, luisterend naar Jeff Buckley en Alanis Morissette, wachtend tot alles zou beginnen groots en meeslepend te zijn.

De toekomst diende zich dat voorjaar aan, toen ik met een vriendin naar Landgraaf afreisde voor Pinkpop. Drie dagen banjerden we door de modder en de regen. We drongen naar voren bij ieder concert, raakten bijna gevloerd in een *moshing-pit*, dronken Gold Strike uit de fles, hingen met onze kop vol shampoo onder de koude kraan en zagen het aantal drollen in de Dixie-wc's in alarmerend tempo toenemen.

Toen ik mijn eerste joint rookte bij de tent van onze buurjongens wist ik het: dit was het dan, dit was het eigenlijke leven. In de trein naar huis dacht ik aan

NKPOP 2007
festivalcamp
DE MOANNE, SY TR
2008
UMMER 2013
PINKPOP 2010
FESTIVALCAMPING
Brand
FREE STATE
LOWLANDS
DOWN THE RABBIT HOLE
WELCOME TO THE VILLAGE 2013

15

al die duizenden mensen met wie ik deze explosie van vrijheid had gevierd. Een grote kluwen die uiteenviel in talloze stipjes op de landkaart van Nederland, verbonden door het bandje om hun pols.

Pas na afloop van het festival onthult het festivalbandje zijn ware functie: die van identiteitsverlener. Dagenlang pronkte ik met het ding. Quasinonchalant legde ik mijn pols overal goed in het zicht – vooral wanneer ik in de buurt was van de jongens van de schoolband, tegen wie ik opschepte over The Pixies en Pharrell Williams, die had gezegd dat dit zijn 'beste show in de regen ooit' was.

Doorknippen is een melancholisch stemmende aangelegenheid.

Tientallen keren per dag voelde ik even aan mijn pols om me ervan te vergewissen dat het bandje er nog steeds omheen zat. Toen ik in de Albert Heijn een caissière zag met hetzelfde bandje, probeerde ik mijn meest intense blik van verstandhouding op haar uit.

We hoorden bij een groep, zij en ik. Het armbandje was onze geheime code, ons lidmaatschap, het topje van een ijsberg die voor de anderen in de rij onzichtbaar bleef. Ze hadden geen idee.

Ergens bij horen en uniek zijn: in deze paradoxale behoefte voorziet het festivalbandje bij uitstek. Maar je moet wel weten wanneer je het afknipt. Wie te lang met zijn bandje blijft rondlopen, of wie zelfs meerdere bandjes tegelijk om zijn pols draagt, is niet alleen onfris, maar ook behoorlijk pathetisch. Die mensen, vonden mijn vriendinnen en ik, hadden blijkbaar maar drie dagen per jaar een leven, waar ze de rest van de tijd weemoedig naar terug verlangden.

Wij streefden naar alle dagen leven, al moesten we daarvoor nog wel eerst even achttien worden en onze eindexamens halen. Daarna, ja, daarna zouden we in feite altijd een festivalbandje dragen. Niet omdat we ergens naar verlangden, maar omdat ons verlangen eindelijk vervuld zou zijn en elke dag een festivaldag was.

Korfbal

Jan Siebelink

Van Rinus Michels, bijgenaamd De Generaal, zijn de gevleugelde woorden: 'Voetbal is oorlog.'

Iets dergelijks zal nooit uit de mond van een korfballer komen, hoe fanatiek hij zijn sport ook beoefent.

De latere staatsman Willem Drees was zo'n hartstochtelijk korfballer dat hij zelf een club oprichtte: DOS. Door Oefening Sterker. Kort daarvoor was hij lid geworden van de SDAP, de latere PvdA, en van de Geheel Onthouders Bond, ofwel de Blauwe Knoop.

Op de dag van de oprichting sprak Drees: 'Korfbal is een gemengde sport. Dat sluit agressie uit. Zij is een probaat middel tegen de algemene verruwing in de maatschappij. Door de genoeglijke sfeer die in de speelvakken heerst, roept ze op tot vriendschap en gemeenschapszin. Dit aantrekkelijke spel draagt bij aan een betere wereld.'

Samen met zus Bets en vriendin To Hent had Drees zelfs een clublied bedacht met de titel 'De glorie van DOS'.

Korfbal. Familiaal, amicaal, knus, gezellig, braaf.

In 2014 werd Nederland wereldkampioen korfballen, een feit dat op tv en in de kranten werd genegeerd.

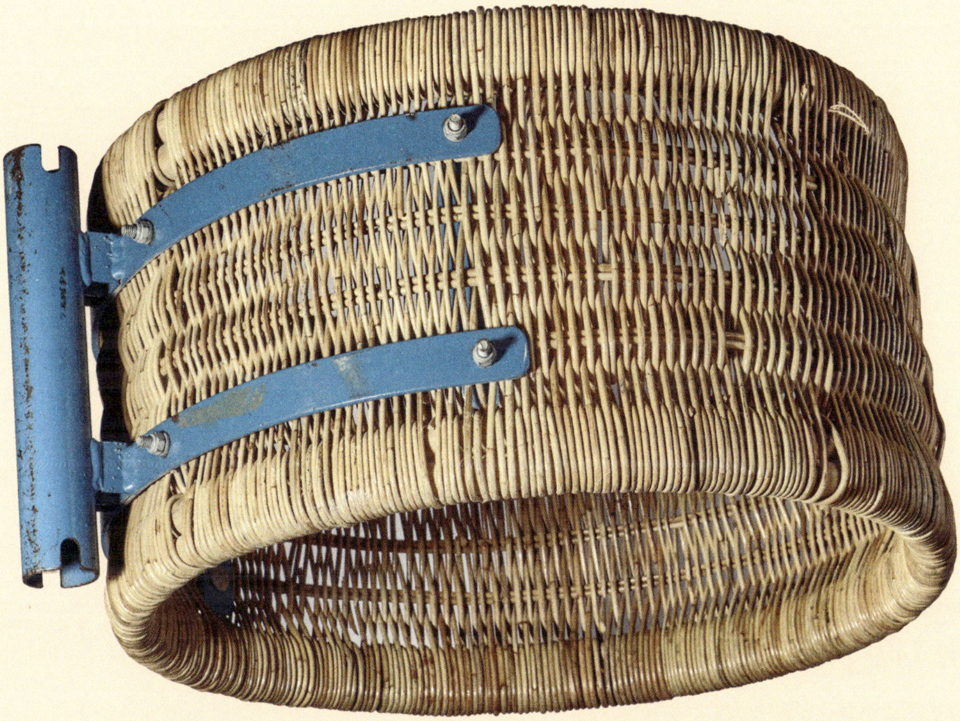

Tot enkele jaren daarvoor had dagblad *Trouw* nog aandacht gehad voor deze sport, die op het hoogste niveau razendsnel en explosief wordt gespeeld en waar de profs goed geld verdienen.

Onder de abonnees van *Trouw* bevonden zich traditioneel veel liefhebbers: sinds begin twintigste eeuw was het spel snel populair geworden in protestantse en rode kringen. De AJC – de Arbeiders Jeugd Centrale – en de protestantse jeugd sloten toogdagen af met een korfbaltoernooi. Wandel- en natuurclubs en naturisten voelden zich ook prettig als ze een bal in een korf konden mikken. Ik herinner me dat het nogal frivole weekblad *Wereldkroniek* eens foto's plaatste van naakt korfballende mannen, vrouwen en kinderen.

De katholieke kerk echter keurde het spel af, vanwege het gemengd sporten.

De sport was niet spectaculair, maar er was ook geen behoefte aan spektakel, aan oorlog in de speelvakken. Nee, geen spektakel, maar het ontzag was groot voor de spelers die in staat waren vanaf acht meter de bal met een strafworp feilloos in de korf te krijgen. Zelfs zonder de binnenwand aan te raken.

Met de club van Drees liep het niet goed af. Door de democratische spelregels die hij zelf had opgesteld en vastgelegd in statuten, raakte hij al snel de feitelijke macht in de club kwijt.

Een pijnlijk conflict ontstond toen verloofde To voor een belangrijke wedstrijd in het eerste elftal stond opgesteld en hij genoegen moest nemen met het tweede. Dat pikte Drees niet. Met zijn aanhang verliet hij de club en richtte een nieuwe op: DEOS. Door Eendrachtige Oefening Sterker. Die nieuwe E kwam voortaan natuurlijk ook terug in het clublied.

Als ik m'n armen schuin omhoog steek om 'af te dekken', kan ik zomaar oog in oog staan met dat meisje met die mooie borsten.

Vier jaar lang heb ik gekorfbald, van 1958 tot 1962, als student van de Rijkskweekschool in Arnhem. Op alle rijkskweekscholen was korfbal het middel om de aanstaande onderwijzer te leren een wedstrijd te fluiten. Haalde je na vier jaar een voldoende, dan kreeg je op je diploma de aantekening gym-akte J. Zonder die akte kon je geen benoeming krijgen.

Nadien heb ik nooit meer gekorfbald. Het spel trok me niet bijzonder aan. Ik turnde liever of probeerde een snelle achthonderd te lopen. Maar ik herinner me nog wel enkele karakteristieke termen: doorloopbal, korte kans. En de dwarrelbal! Soms kwam de bal wel in de korf terecht maar ketste dan heen en weer tegen de binnenwand en stuiterde uiteindelijk over de rand weer naar buiten. Geen punt, wel frustratie.

Er zat één aanlokkelijk element in het korfbal op school. Je bent zeventien, achttien jaar en verliefd op een meisje uit je klas. Dat durf je haar niet te bekennen, maar op het speelveld krijg je de gelegenheid dicht bij die verre geliefde te komen, hoewel de spelregels dat eigenlijk verbieden. Bij de verdediging tegen een aanval geldt de strenge regel dat mannen alleen mannen verdedigen en vrouwen alleen vrouwen. Maar van die regel werd bij ons op school afgeweken. Ik zou niet weten waarom en wil het ook niet weten, want als ik m'n armen schuin omhoog stak om 'af te dekken' en de korf te verdedigen, kon ik zomaar oog in oog staan met dat meisje met die mooie borsten. En dichterbij dan in mijn dromen.

Laatst, toen ik werd geïnterviewd in een boekwinkel, was mijn laatste klant bij het signeren in de pauze een meisje. Ze vertelde dat ze in vijf atheneum zat en dat haar was opgevallen dat in mijn boeken vaak sport voorkomt. 'Uw personages maken salto's op de lange mat, doen aan hardlopen of wielrennen. Ik maak een werkstuk over dat aspect in uw boeken.'

'Bijzonder,' antwoordde ik. 'Dat heb ik nog niet eerder meegemaakt. Ik wil je werkstuk zeker lezen. En jij, doe je ook aan sport?'

'Ik zit op korfbal. Mijn club heet Ons Eibernest.'

Een heel korte stilte. Zag ze een lichte verbazing op mijn gezicht, een verholen teleurstelling?

'Ik zie het al. U vindt korfballen maar niks.'

Dat ontkende ik met klem, al vroeg ik me stiekem af of er toch iets meewarigs in mijn blik had gelegen.

'Wacht straks even op me. Ik zal je een mooi verhaal vertellen over mijn korfbalervaring. Misschien kun je het gebruiken voor je werkstuk. Korfbal is mij heus niet te min. Het is een snelle, levendige en veelzijdige sport.'

Ik bedacht alvast een extra mooie opdracht voor in haar werkstuk.

Willem Drees, die de eretitel Wethouder van Nederland droeg, bleef tot lang na zijn politieke carrière – hij leidde vier kabinetten – korfballen en bereikte de leeftijd der zeer sterken. Hij werd honderdeneen jaar oud.

Bugaboo

Asis Aynan

Vanuit hedendaags Hollands perspectief kom ik uit een groot gezin, een curiosum zelfs. Op de televisie was eens een serie te zien waarin twee grote families werden gevolgd, en op de buis komen alleen merkwaardigheden. Die kijk op het gezin heeft invloed gehad op de grootte van mijn huishouden.

Tot ver na mijn adolescentie loog ik over het aantal broers en zussen dat ik had. De ene keer waren we met z'n vieren en dan maakte ik weer deel uit van een vijftal. Dat ik de middelste was van negen hield ik voor me.

Ik voelde me niet schuldig tegenover mijn gezinsgenoten, omdat ik er niets aan kon doen dat ik opgroeide op een plek waar familie en omgeving niet met elkaar correspondeerden. Af en toe denk ik dat al dat liegen een schrijver van mij heeft gemaakt. Of is het andersom? Kon ik misleiden omdat ik een geboren verhalenverteller ben?

Ik heb geen kinderen.

Er zwerven wel enkele schimmen door de straten van mijn binnenwereld, die ik heb overgehouden aan mijn overpeinzingen van toen. Na iedere negatieve zwangerschapstest werd de heldere fantasie langzaamaan een schim.

Laatst zat ik in een bioscoopzaaltje en voelde door de film het gemis van een eigen kind. In het diepst van mijn romp gloeide de goddelijke kern van mijn wezen: het leven dat leven wil schenken om verder te leven. Ik dacht aan de eerste zwangerschapstest, die streepjesloos bleef, nadat mijn geliefde van destijds ertegenaan had gepiest, en aan de opluchting die toen vrijkwam. Daar, in de roodfluwelen bioscoopstoel, was die verworden tot een lichte wanhoop, die als een siddering door mijn warme vlees ging.

Als de test positief was geweest, had ik nu een puber gehad van vijftien, en had die naast mij gezeten.

Een aantal dagen na de film ging ik met mijn broer en zijn gezin naar een dorpje aan de Franse kust. We hadden een wandeling door Marseille gepland. In hun autootje sjeesden we door het golvende landschap, dat mij aan een bord spaghetti deed denken. Achterin zaten twee kinderen, waarvan de jongste in een zitje, zeven maanden oud. We parkeerden de auto ergens ondergronds. De baby werd in een kinderwagen gezet.

Het was een Bugaboo.

In Marokko kende ons gezin het object kinderwagen niet. En in Nederland duurde het jaren voordat zo'n bed op wielen het huishouden werd binnengereden. Het was een wagen met witte bandjes. Door de enorme markies leek hij wel een decorstuk uit de musicalfilm *Mary Poppins*.

Hij werd nauwelijks gebruikt. Het was bij ons thuis eigenlijk een onding, omdat het niet paste in onze manier van leven.

Mijn moeder was alles, ook onze wagen, binnenshuis en buiten. Zij was het die ons kind voor kind heeft gedragen.

Moeder droeg twee doeken. Een op het hoofd, die destijds niet al het haar bedekte. De hoofddoekuiteinden werden samen met haar dikke, zwarte, geoliede vlechten om het hoofd gebonden. Het was een kroon.

De hoofddoeken waren in die tijd anders dan die van vandaag. Tegenwoordig hebben ze één kleur. Meestal zwart. Toen was het een kermis aan kleuren en motieven.

De andere doek, waar het kind in lag, had ze op haar rug.

Een grote lap stof werd tot driehoek gevouwen. Moeder pakte de baby aan een armpje, zei '*biesmielah*', boog voorover en met een zwiep werd het babylijf op de rug geplaatst, het hoofdje tussen haar schouderbladen. De lange kant van het katoen sloeg ze eigenhandig over het babyachterhoofd – ze stond nog altijd voorovergebogen. Een doekpunt ging onder de oksel door en de andere over de schouder, die werden bij de borstkas aan elkaar geknoopt. Als moeder overeind kwam, deed ze er nog een knoop in en trok die stevig aan. Een draagdoek.

Het was een acrobatische oefening, die ze blindelings uitvoerde. Het ging nooit verkeerd.

Ik kende het woord 'ontroering' niet als kind, maar toen ik een filmpje van mijn moeder in de familie-whatsappgroep zag, waarin ze voordeed hoe je een draagdoek omknoopt – ze gebruikte de Baby Born-pop van mijn nichtje – daalde die stemming van gevoelige bewondering uit het verleden weer in mij neer: het kind negen maanden in haar buik, en daarna jaren op de rug.

Mijn moeder was alles, ook onze wagen, binnenshuis en buiten. Zij was het die ons kind voor kind heeft gedragen.

Zo ook bij het kneden van de ronde ciabattabroden.

Terwijl het kind diagonaal in de zak lag, deed moeder alle ingrediënten in een aardewerken schotel. Met haar rechterhand maakte ze in de bloem een kuil, waar lauw water in werd gegoten. Daarna begon het kneden. Op haar knieën kneedde ze de ingrediënten tot een glimmend deeg, terwijl ze versjes zong over geliefden en heiligen. Wie in de doek lag, werd – ongeacht conditie of gemoedstoestand – in een diepe slaap gewiegd. Ook al had je krampen of was je korzelig, de kneedwieg stuurde je naar een ver dromenland.

Na terugkomst uit Marseille ging ik op het verhoogde terras van het vakantiehuisje zitten. De schemer zoog met de seconde meer zonlicht op. Het zou niet lang meer duren voor het nacht was. De cicadenkoren hadden hun optredens gestaakt. De hitte van eerder die dag steeg op naar het uitspansel. De ouders probeerden binnen de kinderen in slaap te brengen.

De lege Bugaboo stond op het terras.

Ik kwam van mijn stoel en ging in de Bugaboo zitten. Het was de eerste keer dat ik in een kinderwagen zat. Ik staarde naar een kale bergrug.

Het was niet de binnenhaven met zijn glinsterende water, dat pijn doet aan je ogen, en ook niet de Algerijnse markt of de bouillabaisse die indruk op mij maakten die dag, het was de souplesse waarmee de ouders de Bugaboo gebruikten.

Ergens had ik gehoopt dat je aan hun gestuntel nog kon zien dat de moeder en

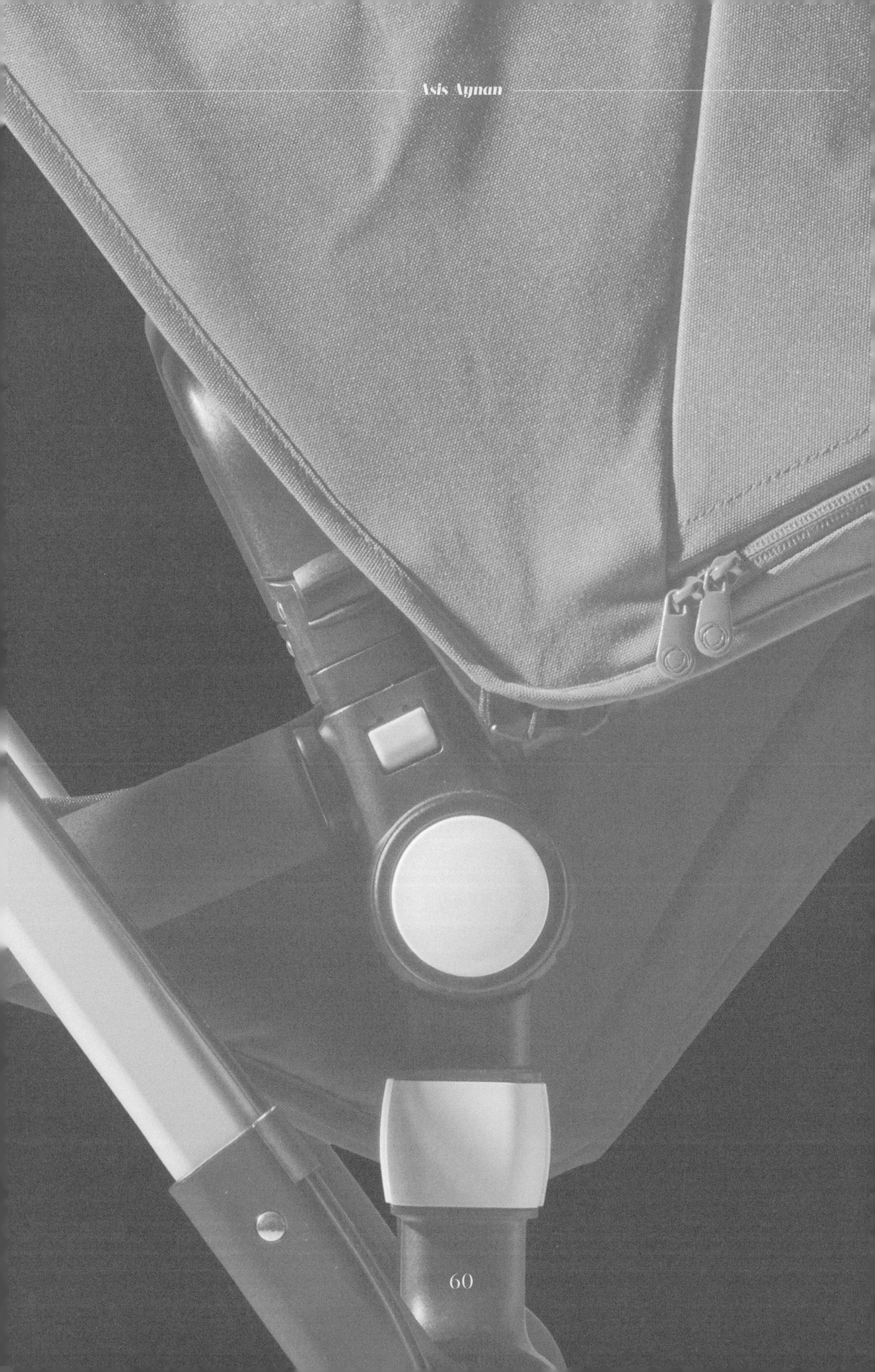

de vader sporen vertoonden van een andere tijd, een andere wereld. Op bruiloften wordt bijvoorbeeld niet meer samen uit een bord gegeten, en met je handen eten is er ook niet meer bij. Iedereen heeft een eigen bord, het bestek daaromheen. Maar de onhandigheid waarmee dat wordt gehanteerd is groot. En dat vervult mij niet met schaamte, dat is van een schoonheid die spreekt. Het is een onbeholpenheid waarbij ik mij thuis voel, en die historie en ontwikkeling in zich draagt.

Zittend in de Bugaboo zag ik dat de bergrug was verdwenen. Net als de rug van mijn moeder.

Kruimeldief

Ester Naomi Perquin

Het moet een gouden inval zijn geweest, op het reclamebureau. Men keek naar het ding en wist het ineens. Alles klopte.

Wie het woord 'kruimeldief' openvouwt, ziet onze neiging de dingen klein te maken. Begrijpelijk. Ongevaarlijk. Een bijna liefkozende vergoelijking klinkt erin door. En tegelijkertijd is er dat stiekeme. Het straatschoffie dat een appel pikt. Het: 'Vlug jongens, zuig de popcorn van de bank, tante Els komt zo,' dat we allemaal kennen.

We leven in een land met grote ramen, korte tuinpaden. We zijn elkaar nabij, we zijn gemakkelijk te betrappen. Het is niet vreemd dat het woord bij ons past: we zoeken een bondgenoot. We weten zelf ook wel dat er iets niet in de haak is wanneer we kiezen voor gemak. Is het ons calvinisme dat ons waarschuwt? Gij zult niet smokkelen.

En wat wilden we eigenlijk, toen we hem kochten? Iets dat handzaam was en efficiënt. Iets waarmee we onze dagelijkse levens een beetje netter zouden maken. Ook dachten we dat we, eenmaal zo'n ding bij de hand, vanzelf schoner zouden worden.

Het scheelt veel, zeiden wij. Het scheelt uren gesleep met zo'n bakbeest dat je nooit voor ieder wissewasje uit de gangkast haalt, de trap op zeult. Waarmee je niet even snel een randje of een plekje doet. Wat een lichtheid halen we in huis.

Wat een compactheid. Mensen met betere gewoontes worden we. Onverwacht bezoek zal een schone ontbijttafel zien. De bank blijft voortaan vrij van kattenhaar, de hal van binnenwaaiend blad.

We hadden geen tegenwerpingen. We dachten in feite dat we zouden veranderen door het gebruik van iets dat we gebruikten omdat we onveranderlijk waren.

Laten we het liever over de inhoud hebben. De inhoud die de eerste weken onder grote belangstelling tevoorschijn werd gehaald. Een pluizige klont – door een klepje te openen, kwam hij naar buiten. Een gezamenlijk geproduceerde uilenbal, gemakkelijk uit elkaar te peuteren.

Wat een lichtheid halen we in huis. Wat een compactheid. Mensen met betere gewoontes worden we.

Voor de kinderen was het apparaat sowieso een attractie. Zoals ze zich in die tijd verbaasden over iedere nieuwe aanschaf, de mogelijkheden ervan onderling enthousiast bespraken. We verboden ze iedere vorm van oneigenlijk of ongeoorloofd gebruik nadat een van hen probeerde een plas appelsap weg te werken. Willens en wetens op het tafelblad uitgeschonken.

God, de uilenbal. Stukjes opgedroogde modder uit de laarzen van de oudste vonden we erin. De hagelslag die de jongste had gemorst. Appelpitten. De kruimels van beschuiten, witte bolletjes, sesamzaad. Een sliertje gedroogd, kromgetrokken worstvel. Twee koffiebonen, ontsnapt aan het malen. Haar. Een doperwt, donkergroen en rimpelig geworden. Een stukje Lego. En tussen al die dingen het fijne, onbegrijpelijke stof. Het nauwelijks zichtbare, dat ook overal lag. Over alle dagen. Alle pogingen, gebeurtenissen, bewegingen. Het was in het binnenste van het apparaat samengebald om, zodra je het aanraakte, opnieuw uiteen te vallen en te verwaaien. Maar we hadden het, tenminste voor even, bestreden. We hadden het voor even stilgezet.

We ontdekten dat we het vooral moesten hebben van goede voornemens. Op wereldschaal en in het klein. We moesten het hebben van de wens schoner te zijn, netter, aandachtiger. Een mooier huis te hebben. Meer ruimte. Nettere kinderen. Het verlangen naar glanzende tafelbladen en lege vensterbanken. Naar schone stoelen, geordende kasten, vlekkeloze vloerbedekking. Naar traptreden waarop geen rolschaatsen, vuile was, knijpers, boeken of sokken lagen te wachten, voor eeuwig gevangen in het niemandsland tussen herkomst en bestemming.

De kruimeldief was de handzaamste manier om ons beter voor te doen dan we waren. Het was een verlengstuk, iets dat de betere versie van onszelf dichterbij leek te brengen.

We veranderden niet. De buren groetten ons niet anders dan ze altijd al deden. Alles bleef wat het was en verstreek.

Goed. Het nest viel uit elkaar, vleugels werden uitgeslagen. Maar we zijn tenminste standvastig gebleken en dat is ook iets waard. Aan onze beweegredenen om tot aanschaf over te gaan, is weinig veranderd. En ook het apparaat zelf, onze derde inmiddels, is in de aard hetzelfde gebleven.

Het vermogen nam toe, het geluid nam af. De vormgeving werd, volgens de mode, kleuriger. Organisch. Steeds meer mens, steeds minder machine. Vroeger hield je een apparaat vast, nu val je ermee samen. Ergonomische handgrepen, een hand die overgaat in een slang, een motor, een zuigmond – we komen er niet meer van los.

Het opvangreservoir. Ach. Ik zou het bijna vergeten; dat is steeds vaker transparant. Een behoefte aan duidelijkheid, allicht. Maar het heeft ook iets achterdochtigs. De door ons als storend aangemerkte elementen (zie inhoud) moeten ook na hun verwijdering in beeld blijven. We willen graag zien wat we gevangen hebben. We willen graag zien waar we voor bukten, voor klommen, voor kropen. We willen graag zien dat het apparaat doet waarvoor we betaald hebben. We laten ons niet bedonderen.

Tot slot is er de doodeenvoudige, stilzwijgende aanwezigheid van het ding. De manier waarop het in zijn 'laadstation' hangt of staat, zodat de accu altijd volloopt. Dat stille popelen. Het onuitgesproken verlangen ergens bij betrokken te worden. Ons ergens mee te kunnen bemoeien.

We herkennen dat. Het altijd-beschikbare, dat we met name in het buitenland graag uitstralen en waardoor we elkaar van meters afstand identificeren. De blikken rondom. Het net iets te graag willen. Desnoods om iets kleins, een knikje, een symbooltje, een telefoontje. Hoe we recht zitten, mooi zitten. Steeds in stilte wachten op een commando, een druk op de knop. En kijk. Kijk hem eens. Zie ons. Waar we ook zijn. Wat we ook doen.

Hoe onze mond ook altijd, altijd openstaat.

Bolknak

Maarten Asscher

Er zijn linkse sigaren en rechtse sigaren. De wilde havana met zijn ongecoiffeerde tabakskrulletjes ('flos'), die brutaal aan het uiteinde tevoorschijn steken, als borsthaar uit een te ver openstaand overhemdboord, is een uitgesproken linkse sigaar. Een dikke Romeo y Julieta, die in een apart metalen buisje met schroefdop per stuk wordt verkocht, alsof het om een verfijnd seksspeeltje gaat, is duidelijk rechts.

Dat zijn zo'n beetje de uitersten in het politieke sigarenlandschap. Laten we zeggen: van Che Guevara uiterst links helemaal tot aan Sir Winston Churchill aan de andere kant van het spectrum. Tussen die extremen in hangen de rookslierten van talloze vormen, modellen en maten die er op sigarengebied bestaan: de cigarillo, de wilde spriet en de tuitknak meer naar links, de panatella, de senoritas en de corona meer ter rechterzijde.

Deze inleidende schets van een fumatoir-politiek wereldbeeld kan iedereen die goed naar sigarenrokers kijkt en/of zelf het nodige heeft gerookt, gemakkelijk zelf controleren. Zelf heb ik niet alleen het eerste, maar vooral het laatste veertig jaar lang met innige smaak en overtuiging gedaan; bij voorkeur pijp, een ontelbare hoeveelheid sigaren en lang geleden ook wel shag en sigaretten.

Nu mij onlangs met onontkoombare statistische argumenten door een medisch specialist is voorgehouden dat de niet-onschuldige aandoening waarvan hij

mij probeert te genezen bij rokers een dertig procent hogere kans heeft om terug te keren dan bij niet-rokers, heb ik van de ene dag op de andere moeten besluiten om met deze heerlijke en onvergetelijke bezigheid te stoppen.

Sindsdien ben ik er des te dieper van doordrongen hoezeer datgene wat een mens rookt niet alleen sociaal-politiek geduid kan worden – omdat de keuze voor een bepaalde rookwaar je nu eenmaal in een reeds bestaande categorie gebruikers plaatst – maar dat je gewoonte om op een bepaalde manier, op bepaalde momenten, een bepaalde rookwaar op te steken, in je eigen ogen en die van anderen ook een bepalende karakteristiek van je persoonlijkheid inhoudt, althans die karakteristiek suggereert. Het is een vreemde gewaarwording als zo'n element van je uiterlijke persoonlijkheid van de ene dag op de andere als het ware verdampt.

Er zijn dus twee waarnemingen die naar mijn idee voor alle rokers en dus ook voor sigarenrokers gelden: in de eerste plaats is er het sociaal-politieke profiel van de rookwaar c.q. de sigaar. Door een sigaar c.q. een zekere soort sigaar op te steken, word je als een zeker soort mens gezien (zoals dat bijvoorbeeld ook geldt voor het rijden in een bepaald type auto of het dragen van bepaald soort bril of jas). Maar naast die collectieve identiteit draagt het roken van de ene of de andere sigaar ook bij aan het individuele, zo men wil het levenskunstige zelfbeeld van de roker in kwestie.

Die walm van eigendunk, hij is in de afgelopen decennia voorgoed verwaaid.

Nu is het interessante dat die twee 'profilerende elementen' van een gekozen type rookwaar elkaar helemaal niet hoeven te overlappen. Wat iemand – sigaar in de mondhoek – staande voor de spiegel van zichzelf denkt, kan iets heel anders zijn dan wat de wereld van hem denkt als men hem zo paffend naar zichzelf ziet staan kijken. Er zijn, althans in Nederland, weinig rookwaren waarbij dit zo duidelijk aan het licht komt als bij de bolknak.

De bolknak is een uiterst Nederlands fenomeen. Tabak die van voldoende kwaliteit is om er sigaren van te maken, werd en wordt in Nederland niet geteeld. Het succes van de bolknak is dus aan twee zeer Nederlandse eigenschappen te danken: het vinden en combineren van kwaliteiten die van elders afkomstig zijn en het ondernemerschap om van die combinatie een succes te maken, bijvoorbeeld in de vorm van investeringen in grootschalige machinale productie en marketing.

Op het hoogtepunt van het succes van de bolknak – halverwege de jaren dertig, midden in de crisis – werkten alleen al in de Veenendaalse fabrieken van de firma Ritmeester niet minder dan 1700 mensen. Er waren ook andere bolknakfabrikanten, zoals Agio, Willem II en Hofnar, maar Veenendaal geldt als de bakermat van de bolknak. Ondanks de concurrentie van de sigaret en van goedkope sigarenimport uit het buitenland, wist deze oer-Nederlandse sigaar tot in de jaren zestig zijn markante positie vast te houden en die zelfs als exportproduct te bewijzen.

Dat markante zat hem eerst en vooral in de vorm: een licht taps uitlopende, stevige sigaar die aan het uiteinde plotseling (als het ware met een 'knak') in een stompe punt toeloopt. Vaak waren bolknaks individueel in cellofaan verpakt, met zo'n roodgekleurd plastic eindje waarmee je het cellofaan zonder inspanning soepel doormidden kon trekken, waarna de beide helften van het cellofaan eenvoudig van de sigaar konden worden afgeschoven. En dan was er, voor de jongens in het bolknakrokersgezin – eventueel voor kleinkinderen, neefjes of buurjongetjes – natuurlijk ook nog het sigarenbandje, dat zich in letterlijk ontelbare varianten liet verzamelen.

De bolknak kwam in twee variëteiten: gematteerd en ongematteerd. In het eerste geval was de sigaar met een soort wittig poeder ingesmeerd. Naar verluidt diende dat poeder uitsluitend om de kleurverschillen in het dekblad van de sigaren te maskeren, anders konden de bolknaks nog slechts voor een veel lagere prijs als 'miskleur' worden verkocht. Er moeten liefhebbers van deze rare, want volstrekt onnodige behandeling bestaan hebben, anders was men er nooit mee begonnen, en zeker niet mee doorgegaan.

De typische bolknakroker was een kwadratuur van de Nederlandse burgerman, maar zelf zag hij zich simpelweg als een tevreden mens, die na gedane arbeid wel recht had op zijn natje en zijn droogje. En daar hoorde dan ook een behoorlijke sigaar bij. Een bolknak, daar was je algauw drie kwartier zoet mee en daar ging je dus het liefst even voor zitten; dat had je dan zogezegd 'verdiend'.

Voor velen had de bolknak het karakter van een zondagse sigaar, voor in het café, op de herensociëteit of misschien ook wel op de duurdere plaatsen van de voetbaltribune. Met een bolknak in je mondhoek kon je zelfs praten, die bleef altijd goed zitten, zelfs als je hem niet tussen je tanden klemde. De tevreden roker die zich dat kon veroorloven, deed er 's ochtends een stuk of vier, vijf in zijn sigarenkoker, dan kon hij aan een zakenrelatie ook nog iets aanbieden, om het pad te effenen voor een transactie waar beide partijen – maar in elk geval de bolknakroker zelf – beter van werden.

Met een dergelijke sigaar kon men zich tot begin jaren zestig goed onderscheiden van de gemiddelde fabrieksarbeider of mijnwerker, voor wie het herhaald opsteken van een sigaar van 30 cent geen verantwoorde uitgave was, op basis van een weekloon van 25 à 30 gulden.

Per hoofd van de bevolking werden in die tijd nog gemiddeld 120 sigaren per jaar gerookt. Een walm van eigendunk moet in die jaren boven ons land hebben gehangen, want de bolknakroker zag zichzelf niet alleen als een tevreden, maar vooral ook als een geslaagd mens.

Tot zover het zelfbeeld van de bolknakroker. De niet-rokende rest van het land, die deze ongelooflijk stinkende sigarenvariant met afschuw onderging, moet vooral een zelfingenomen, kleine kapitalist hebben gezien, een roker die zijn gebrek aan smaak probeerde te compenseren met een overdaad aan vertoon. Hetzelfde soort ijdel vertoon waarmee de bolknakroker natuurlijk ook nadrukkelijk een hoed droeg, om zich te onderscheiden van al zijn minder gesitueerde landgenoten met een pet.

Bij de typische bolknakroker hoorde ook een zelftevreden grijns, een met het nodige hoesten omgeven grommen van voldoening over hoe de zaken voor hem liepen of gelopen waren. Nadat de bolknakroker de kamer verlaten had, kon je alle ramen en deuren langdurig tegen elkaar open laten staan. Tevergeefs, want

de walm van bekrompen eigendunk die zo eigen was aan het roken van bolknaks, bleef vele dagen lang in de gordijnen, in het tapijt en in de kussens van de bank zitten.

Die walm van eigendunk, hij is in de afgelopen decennia voorgoed verwaaid. De Ritmeesterfabrieken zijn allang uit Veenendaal verdwenen en wie op de site van een echt goede sigarenwinkel, zoals het Amsterdamse Hajenius, het woord 'bolknak' als zoekterm invoert, krijgt helemaal geen enkel resultaat. Terecht, want de bolknak was een afschuwelijke sigaar. Vooral de gematteerde variant smaakte naar gemalen karton in plaats van tabak.

Ik heb diepe, diepe spijt dat ik na veertig jaar heb moeten stoppen met roken, maar zelfs als mij een ondubbelzinnige schriftelijke garantie zou worden gegeven dat je van het roken van bolknaks nooit ofte nimmer kanker kunt krijgen, zou ik deze oer-Hollandse stinkstok toch zonder enig probleem links laten liggen. Rechts, bedoel ik.

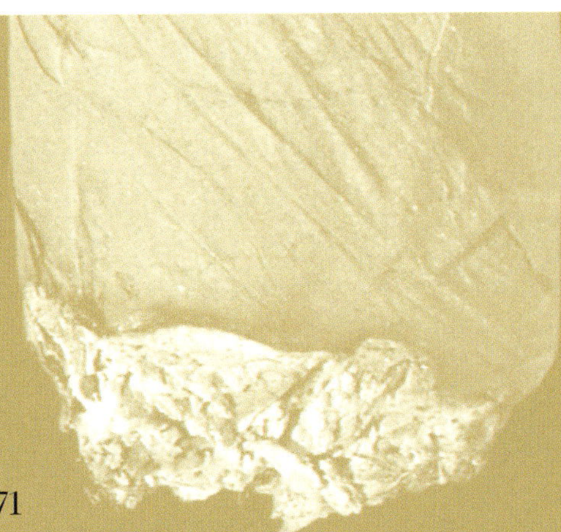

Xtc-pil

Renee Kelder

Vaak is hij klein, wit en je beste vriend. Hij kan je de hele nacht euforisch laten dansen op de mantra in je hoofd: ik ben de beste van de wereld. Maar hij kan ook paars en vierkant zijn en je laten denken dat het bloed van de muren stroomt.

Maak kennis met de xtc-pil.

Het gebruiken van xtc is te vergelijken met op vakantie gaan. Misschien is de voorpret leuker dan de ervaring zelf.

Het begint allemaal met het uitzoeken van de perfecte pil. Wil je 'hard gaan' en in een club de hele avond met je kiezen op elkaar aan onbekenden vragen waarom je nooit een carrière bent begonnen als professionele danser? Om ze vervolgens, wat het antwoord ook is, om de hals te vliegen en te zeggen dat je zoveel van ze houdt? Of verlang je naar spacen op orka-muziek? Waar je ook voor kiest, voor elke belevenis bestaat er een pil.

Het is een mythe dat de pil vooral geslikt wordt (of gepopt, zoals dat in straattaal heet) door jonge mensen in de dancescene, door snelle types met strakke lijven en kleding met gaten op de juiste plekken. Niets is minder waar. Ook het stel dat samen op de tandem door Nederland crost wil weleens een avondje lekker gek doen.

Ook ik was vroeger niet vies van xtc. Omdat ik graag en vaak op 'vakantie' ging, had ik mijn eigen dealer in Amsterdam-Zuidoost. Hij was een grote jongen geweest in Engeland, maar nadat hij een paar jaar had gezeten was hij het 'rechte pad' op gegaan. Wat betekende dat hij niet langer in coke handelde, maar alleen nog in xtc.

Ik herinner me nog goed dat ik inkopen bij hem ging doen. Ik moest me door een mensenmenigte heen werken, want zijn huisgenoot gaf een feestje.

Dit was zijn afscheidsfeestje, verklaarde de dealer. De huisgenoot moest de bak in vanwege openstaande boetes.

Ik wist niet dat je voor zoiets lulligs moest zitten, maar knikte instemmend en volgde de brede rug naar de badkamer. De dealer boog zich voorover en trok de wasmachine open. Het was een mooi gezicht: een wasmachine vol met gekleurde, glanzende pilletjes. Het deed me denken aan vroeger. Aan lange autoritten in de vakantie en mijn moeder die tumtummetjes uitdeelde.

De dealer liet zijn hand door de pillen gaan en plantte zijn billen op de rand van de badkuip.

'Ben je op zoek naar avontuur? Dan is deze blauwe Mitsubishi goed om er echt even tussenuit te gaan. Of wil je een pil van oer-Hollandse bodem? Neem dan deze gele vlinder.'

Hij praatte nog een tijdje door. Ik luisterde niet meer, ik nam ze allemaal.

Koningin Máxima zei dat de Nederlander niet bestaat. Zo bestaat de xtc-gebruiker ook niet. Want ook de bakfietsmoeder, haar Babboe gevuld met drie kinderen en een labradoodle, doet het.

'Naast moeder ben ik toch ook gewoon nog mens?!' zegt ze tegen haar vriendinnen terwijl ze in één beweging de pil in haar mond wegspoelt met een flinke slok chardonnay. Tevreden strijkt ze haar King Louie-jurkje glad.

Het was een mooi gezicht: een wasmachine vol met gekleurde, glanzende pilletjes.

En wat te denken van de zestig-plus buurvrouw met haar korte, pittige kapsel en paarse bril? Na haar scheiding 'kiest ze voor zichzelf' en verruilt ze eens per maand haar functionele stappers voor hakken. Op de fiets, in een poncho als het regent, naar de boerderij een paar dorpen verderop. Iedereen weet wat daar gebeurt, maar niemand spreekt erover.

Het stel met drie kinderen, dat zichzelf zuur lachend een klein bedrijfje noemt, plant zijn trip goed in. De kinderen zijn geweldig, maar vanaf het moment dat je elkaar ook papa en mama gaat noemen, kom je toch minder goed in extase. Als de pil inslaat, voel je je alles: God, een wellustig beest, maar vooral ook levend. Je hebt zelfs seks over de grenzen heen: op z'n Russisch, Frans – behalve op z'n Nederlands, want dat standje ken je niet.

Waarom zou xtc zo populair zijn bij de Nederlander? Zou het ons helpen om aan het keurslijf van het calvinisme te ontsnappen? Waar Italianen altijd en overal amicaal met elkaar in gesprek zijn, zwijgen wij. In China dienen ze de eettafel rijkelijk op, met allerlei bakjes waar iedereen van eet, terwijl de Nederlander eet van zijn eigen bord, met de tv als gesprekspartner.

'Doe maar normaal, dan doe je al gek genoeg,' is het levensmotto van de Nederlander. Tot het moment dat hij even van zichzelf op vakantie mag. Op drugsvakantie. Alle remmen los.

De xtc-pil: de oplossing voor calvinistisch Nederland.

Kaasschaaf

Henk van Os

Jarenlang heb ik geleefd zonder een voorwerp te nationaliseren door het te brandmerken als 'typisch Nederlands'. De noodzaak van een keuze voor een object dat als zodanig gekarakteriseerd zou kunnen worden, deed zich pas voor toen ik dertig jaar oud was. Samen met mijn vrouw Heleen en onze zoon Wouter zou ik voor een jaar verhuizen naar de Verenigde Staten, om aan het Institute for Advanced Study in Princeton mijn onderzoek naar vroege Italiaanse kunst voort te zetten.

Tijdens mijn reizen naar Italië of enig ander Europees land was ik nooit op het idee gekomen een typisch Nederlands voorwerp als cadeautje mee te nemen. Alleen in Duitsland had ik weleens een Groninger koek aan collega's gepresenteerd, omdat ze daar veel van *Kuchen* hielden. Maar aan de andere kant van de oceaan moest je toch wel met iets eigens komen. Nu moesten we een blijvend nationaal attribuut te bieden hebben. Bovendien, een koek zou toch maar door de douane worden ingenomen, net als kaas en tulpenbollen. Tegels uit Makkum of Delft, of een pop van een Volendams meisje, kon elke Amerikaan op Schiphol kopen.

We overwogen nog om een tableau met de Nachtwacht, uitgevoerd in tegeltjes, mee te nemen. Daarmee zouden we twee vliegen in één klap slaan: ons nationaal hoofdaltaarstuk voorgesteld door een nationaal product. Maar het was

zeker dat kunsthistorische collega's zoiets wansmakelijks meteen bij de vuilnisbak zouden zetten.

Goede raad was duur. Maar toen kwam Heleen met een luisterrijk idee. Laten we een kaasschaaf meenemen. Die hebben ze vast niet in een land waar zo exuberant wordt geconsumeerd. In een wereld van *the winner takes it al* zijn ze natuurlijk niet gewend om in dunne plakjes te denken.

Ik vond dat we een heel pakket schaven moesten meenemen, want men had mij daar een heel programma van etentjes voorgespiegeld. Zo gezegd, zo gedaan. Het eerste etentje vond plaats ten huize van mijn *tutor* Millard Meiss en zijn vrouw Margaret. Daar bleek de kaasschaaf een eclatant succes. Niemand van de aanwezigen kende dit voorwerp.

In een wereld van 'the winner takes it all' zijn ze natuurlijk niet gewend om in dunne plakjes te denken.

Zo gauw wij de functie ervan hadden toegelicht, werd nagedacht waar je kaas kon kopen die zich zou lenen om te schaven. Ook legde de historicus Felix Gilbert meteen een relatie tussen de schaaf en de Nederlandse volksziel, die immers vooral gekenmerkt werd door spaarzaamheid. Een andere disgenoot bracht ons cadeau in verband met onze oorlogstijd.

Ons kostje was gekocht. Soms leek het wel alsof wij alleen maar voor een etentje werden uitgenodigd zodat de gastvrouw daarmee een kaasschaaf in de wacht kon slepen. Bij een musiceeravondje ten huize van de wiskundige Freeman Dyson, bij een huislezing door de voormalige ambassadeur van de VS in Moskou, George Kennan, overal bleken onze schaven heerlijke *conversation pieces* te zijn.

Ook bleek algauw dat we rekening hadden te houden met het feit dat de oorspronkelijke *permanent members* van het Institute voornamelijk émigrés waren uit Europa. Het was tenslotte gesticht om topgeleerden, die in de VS waren terechtgekomen vanwege de Tweede Wereldoorlog, een goede plek te bieden voor hun onderzoek. En hoewel de meesten van die *founders* niet meer leefden, was de voormalige secretaresse van Einstein er nog, evenals de weduwe van Erwin Panofsky, de vader van de moderne kunstgeschiedenis. En zij kenden de kaasschaaf wel degelijk.

Gerda Panofsky was zo vriendelijk ons te vertellen dat zij in Amerika overal tevergeefs naar een kaasschaaf had gezocht en heel blij was dat wij er nu een voor haar hadden meegenomen.

Behalve een bolwerk van wetenschap, was het Institute ook een centrum voor goede manieren.

Tijdens ons verblijf in Princeton is de Nederlandse kaasschaaf in de VS steeds bekender geworden. Het zou de moeite lonen na te gaan of dit te maken had met de intensivering van de import van Hollandse kazen daar of met de toegenomen export van Amerikaanse toeristen naar Nederland.

Hoe dat ook zij, het risico dat ons presentje door de gastvrouw meteen met lichte gêne werd herkend, nam sterk toe. Vooral aan Ivy League Universities aan de East Coast.

Elders kon je nog mensen een verrassing bezorgen met onze *Dutch cheese cutter*. Althans, dat dachten wij. Totdat Heleen in Atlanta, Georgia, tot de ontdekking kwam dat onze kaasschaven gewoon bij Sears in de etalage lagen.

Ons nationale voorwerp was geglobaliseerd en had daarmee zijn diepere betekenis als attribuut van Nederlandse spaarzaamheid verloren.

Ook onze eigen omgang met de kaasschaaf is veranderd. Tegenwoordig ligt op onze lunch- en ontbijttafel naast de schaaf een aardappelmesje. Daarmee kan je desgewenst een veel dikkere plak kaas afsnijden. Je kunt je er zelfs een homp mee toe-eigenen. Heerlijk.

Spaarzaamheid is geen nationale deugd meer. We moeten consumeren. De kaasschaaf kan me gestolen worden.

Geitenwollen sokken

Thomas Verbogt

Mijn studententijd speelde zich af in Nijmegen. En ook nog in de jaren zeventig. Qua geitenwollen sokken ben ik nu al min of meer klaar. Nijmegen, jaren zeventig, punt. Iedereen weet wat er aan de hand was.

Een paar maanden huurde ik daar toen een kamer in een huis waar een van de bewoners, een student sociologie, altijd geitenwollen sokken aanhad, in sandalen. Ik geloof dat het ook dag in dag uit dezelfde geitenwollen sokken waren. Insecten vluchtten voor hem uit als hij door het huis banjerde. Hij had ook een baard, een bruine, die samen met de sokken een compositie vormde.

In zijn naar oude koffie ruikende kamer bevond zich vaak een dunne vriendin in een ruime tuinbroek. Als je dit allemaal zo kort achter elkaar noteert, kun je je afvragen of het een onsje minder mag. Ik ben helemaal niet uit op een versleten karikatuur, maar het was zo.

En het gaat maar door: macrobiotisch eten. Wijn maakten ze zelf. Als je daarvan een glas of vier dronk, ging je hallucineren. Je kon wel met ze praten, maar dat ging wat mij betreft moeizaam, wat hen betreft niet, als ik maar niet te veel zei, want zij wisten hoe de wereld in elkaar zat en ik niet. Daar een grapje over maken werkte niet, want geen enkel grapje begrepen ze. Ik dacht dat dat aan mij lag. Daar kom ik dadelijk op terug.

Mijn eerste ervaring met een drager van geitenwollen sokken was niet verkeerd. Het ging om een vriend van mijn ouders, tegen wie ik oom mocht zeggen. Die oom bracht een groot deel van zijn tijd door in gebieden ver weg, waar nauwelijks menselijk leven was.

In de winter kwam hij altijd een paar dagen bij ons logeren. Het gonsde dan van de verhalen en ook zong de oom, liederen uit streken waarvan wij nauwelijks weet hadden. Daar moest hij veel bij drinken.

Hij droeg grote, hoge schoenen en daar hoorden geitenwollen sokken in. Ik wist niet dat ze zo heetten, maar ik snapte de keuze wel. Misschien moest ik dit soort sokken gaan dragen, dan kon ik ook de wijde wereld in. Gelukkig wilde mijn moeder daar niets van weten.

In mijn directe omgeving is er de laatste tien, vijftien jaar niemand die ik op geitenwollen sokken kan betrappen. Buiten mijn directe omgeving ga ik met niemand om met die sokken, niet eens uit principe, het komt er gewoon niet van. Ik ken dus ook niemand die de sokken prijst, hoe ze zich rond de voet gedragen en 'ademen', 'zo makkelijk ook, héérlijk'.

Misschien is het wat kort door de bocht als ik zeg dat ik mijn leven dus redelijk op orde heb. Dat heb ik trouwens niet, maar ik wil ook niet slap meegaan met de vooroordelen die er bestaan jegens de dragers van geitenwollen sokken, zeker als die personen ook nog geitenwollensokken genoemd worden, aan elkaar geschreven dus.

Insecten vluchtten voor hem uit als hij door het huis banjerde. Hij had ook een baard, een bruine, die samen met de sokken een compositie vormden.

Een geitenwollensok hoeft overigens niet altijd geitenwollen sokken aan te hebben om een geitenwollensok genoemd te worden. Wat zijn de vooroordelen? Het woordenboek komt met een antwoord: *personen met een idealistische instelling*. Wat is daarop tegen? Ook vallen woorden als 'zweverig' en 'zachte sector'.

Tegen de zachte sector kan ik geen bezwaren bedenken. Ja, tegen de taal die er soms bij hoort, zoals dat je 'een stukje' verantwoordelijkheid moet nemen of dat iemand namens jou iets voelt ('Ik voel een groot verdriet in jou'). En zweverig, ach, niet echt erg, als ik het zelf maar niet hoef te zijn.

Er is echter iets anders aan de hand.

Ik heb nog nooit, dus eerder in mijn leven, een drager van geitenwollen sokken ontmoet, die blijk gaf van gevoel voor humor, behalve die oom van toen. Nu kun je zeggen dat dit een vooroordeel is dat zijn weerga niet kent, maar als ik zeg dat ik nog nooit een drager van geitenwollen sokken met humor heb ontmoet, dan heb ik dat ook niet. Het komt niet in me op zoiets zomaar te beweren. Als er meer waren dan die oom van toen, had ik gezegd dat er uitzonderingen bestonden, maar ik ken ze dus niet, die uitzonderingen.

De geitenwollen sok heeft zich van een kledingstuk, goed tegen de kou, ontwikkeld tot een *statement*, tenminste in de meeste gevallen. Van wie ervoor kiest door déze keuze een statement uit te dragen, kun je met grote stelligheid zeggen dat zijn of haar gevoel voor humor al verpieterd is voordat het zich kon ontwikkelen.

Het is gesmoord in zekerheden. Dat is immers ook opmerkelijk: een persoon met geitenwollen sokken aan kent veel zekerheden. Niks zweverig. En zoals we allemaal weten, leiden te veel zekerheden tot een typisch Nederlandse bedomptheid. Dan is er ook geen ruimte voor humor, want daarvoor zit alles veel te dicht. En indien toch, een béétje, váág, dan is het humor in de sfeer van woordspelingen, mits die woordspelingen een verantwoord doel dienen.

Een typische geitenwollensokkenwoordspeling is er een die altijd in de maand december uit de kast wordt gehaald, en ik merk dat ik moeite heb die nu te noteren (in mijn hoofd waait het natte sneeuw, de zeurende wind wordt steeds killer), maar het moet: consuminderen.

Koektrommel

Maartje Wortel

Bij de meeste Nederlanders staat de koektrommel in de kast. Als er visite komt, gaat de koektrommel de kring rond. Je pakt er één koekje uit voor bij de koffie en daarna blijft de koektrommel voor de gezelligheid en om zogenaamde gastvrijheid uit te stralen nog even op tafel staan. De belofte van meer koek is nooit ver, maar meestal komt er niets van.

Bij mijn Antilliaanse vriendin werkt de koektrommel op haar lachspieren. Gaan we op bezoek bij een van mijn ooms of tantes, dan zegt ze, vrij vertaald naar een Antilliaans liedje: 'Krijgen we geen bier of taart, dan gaan we onmiddellijk op huis aan, te paard.'

Ze knipoogt naar me als we om de tafel zitten, met daarop de koektrommel. We krijgen een kop koffie en een koekje, roddelen wat over de mensen uit het dorp, over andere families, mensen die dood zijn, huizen die verkocht worden, huwelijken die stuklopen, maar we praten nooit echt over onszelf, over de dingen die we denken of voelen, over de fouten die we gemaakt hebben of over oud zeer.

We gaan na niet al te lange tijd weer op huis aan, waarna onze geheimen, evenals de koektrommel, weer achter een paar deuren verdwijnen.

Na zo'n typisch Nederlands bezoek krijgt mijn vriendin altijd zin om met geld te smijten en neemt me mee naar een restaurant waar we zoveel eten als we wil-

len. En dat blijft altijd als een opluchting voelen, alsof die koektrommel, dat object in het midden van de tafel, ons al die tijd in de greep heeft gehouden. Je weet wat er komen gaat, en dat is nooit veel.

Sterker nog: mijn broer en ik mochten vroeger nooit koek of snoep eten. Op school hoorden we wel verhalen over moeders die na schooltijd thuis klaarzaten met een koekje; die taak was aan onze moeder niet besteed. Ze zat klaar met van alles, maar nooit met iets dat leek op eten, laat staan op iets lekkers. We waren wel in het bezit van een koektrommel, maar die was er voor de visite.

De koektrommel was voor mij en mijn broer destijds een van de grootste geheimen binnen ons gezin. Mijn ouders verdeelden het huishouden; als mijn vader werkte, was mijn moeder thuis en andersom. Mijn vader werkte in Amsterdam, hij ging met de trein naar zijn werk. Mijn moeder haalde hem op die dagen rond halfzes op, op station Baarn.

Ik bewaar er geen koekjes in, maar sleutels, liefdesbrieven, geld of drugs.

Mijn broer en ik waren dan minimaal een halfuur alleen thuis, waar we op de aardappelen, die zacht op het vuur stonden, moesten letten. Zodra we onze moeder de auto hoorden starten, begon het grote zoeken naar de koektrommel. Een vierkant ding, met aan de bovenzijde een afbeelding van een schilderij van Paul Klee. De deksel klemde een beetje, omdat mijn broer de trommel eens op de plavuizen had laten vallen.

We trokken lades open, zochten onder het bed en in kasten.

De eerste keer dat we de koektrommel gevonden hadden, dachten we dat het slim was om, in plaats van simpelweg een koekje weg te nemen, van alle koekjes één hapje te nemen.
Onze moeder kon er niet om lachen. Ze zocht na die tijd een betere verstopplek, en wij een andere strategie. We vonden de trommel altijd, en aten dan vlug een paar koekjes, maar nooit zoveel dat het op zou vallen.

We zagen dat onze ouders in de tussentijd wél koekjes aten, er lagen altijd kruimels van andere soorten in de hoekjes. Of er was de geur van speculaas, terwijl wij te maken kregen met bokkenpoten of, en dat bleef een grote teleurstelling: kaakjes. Je voelde al aan het gewicht van de trommel of de vangst goed was.

In het buitenland hebben ze daar geen last van. De koekjes worden bewaard in porseleinen potjes; het eten van koekjes krijgt op die manier iets chics. Er kleven wel wat nadelen aan die porseleinen variant. Zo blijven de koekjes minder lang vers. Je mist het geluid, het gerammel met de trommel, en de afbeeldingen die op het blik gedrukt staan, waardoor je trommels kunt sparen of kunt laten zien wie je bent, door voor specifieke varianten te kiezen.

Ik heb een paar koektrommels in huis. Ik heb geen idee hoe ik aan die dingen kom, ze zijn er gewoon, ze horen erbij. De koektrommels staan ook bij mij thuis op een geheime plek. Soms zijn ze zo goed verstopt dat ik ze zelf niet terug kan vinden.

Ik bewaar er geen koekjes in, maar sleutels, liefdesbrieven, geld of drugs. Nu maar hopen dat mijn moeder, wanneer ze op bezoek komt, de trommels niet vindt.

Automatiek

Roel Bentz van den Berg

Begin jaren zestig – ik was dertien, veertien – zag ik mij plotseling geconfronteerd met een zwaar sociaal-cultureel dilemma.

Milieutechnisch behoorde ik vanwege het beroep van mijn ouders (toneel), opleidingsniveau (gymnasium), en de buurt waar we woonden (Amsterdam-Zuid) tot de 'Pleiners' (Leidse- en Thorbeckeplein, nauwe pijpen, zwarte coltrui, bordeelsluipers, Caesar-kapsel, Mobylette of Tomos, lyceum, middenklasse of hoger, zwarte koffie, jazz). Muzikaal gezien (en muziek is ook altijd stijl, houding) stond ik dichter bij de 'Dijkers' (Nieuwendijk, smalle pijpen, puntschoenen, vetkuif, buikschuiver, arbeidersklasse, bier, rock-'n-roll).

Omdat er wat de rock-'n-roll betreft net in die periode sprake was van een kort interbellum – Elvis na het leger niet meer dezelfde, Little Richard tijdelijk overgestapt op de gospel, Chuck Berry in hechtenis, Jerry Lee Lewis in ongenade vanwege het huwelijk met zijn dertienjarige nicht, en de 'beatmuziek' (die de muzikale verschillen tussen Pleiners en Dijkers min of meer zou opheffen en de twee groepen zou verenigen onder de noemer 'revolterende jeugd') nog in de oefenfase verkeerde – en het ook pas later hier zou doordringen wat een prachtige muziek er ondertussen in dat interbellum werd gemaakt (rhythm and blues, doowop, Motown, Brill Building, girl groups), werd het pleit beslecht ten gun-

ste van de Pleiners en kamde ik mijn haar voortaan naar voren in plaats van (zoals ik sinds mijn achtste deed) naar achteren.

Een beslissing waar de invloed van mijn twee jaar oudere neef, een charismatische jazz-aficionado pur sang, en zijn nog weer eens twee jaar oudere en oogverblindend mooie zus, de ongekroonde koningin van bar-dancing The Lucky Star in de Korte Leidsedwarsstraat, beslist niet vreemd aan was – en die mij af en toe duur kwam te staan, wanneer wij op de kermis (wat *de* plek was voor een rumble) door de Dijkers in een hoek werden gedreven en de meeste klappen bij de erop volgende schermutselingen aan 'onze' kant vielen (en: 'Maar heren, ik ben Elvis-fan!' roepen weinig effect zou sorteren).

Een en ander weerhield mij er niet van om – al dan niet met voor de gelegenheid weer even naar achteren gekamd haar – regelmatig over 'de Dijk' te lopen om de muziek te kunnen horen die daar via de open deuren van de cafés (waarvoor ik te jong was om er naar binnen te mogen) uit de jukebox kwam, en dan met name uit de (mede door Amerikaanse soldaten met platen gevulde) Wurtlitzer van The Stateside Club, het café van de ouders van Pim Maas, winnaar van de Nederlandse Elvis Presley-verkiezingen.

Maar denk niet dat ik alleen voor de muziek naar de Dijk kwam, ik kwam ook voor de automatiek die daar was – een jukebox voor snacks in plaats van singletjes, die met de gewone jukebox (en ook met de flipperkast in de eveneens alleen voor boven de zestien toegankelijke 'Amusementshal') gemeen had dat het allebei (alle drie dus) wonderen waren van mechanische technologie.

Een technologie die ik nog steeds verre superieur acht aan wat er daarna op dat gebied is ontwikkeld – vanwege de helderheid (wat wat doet en hoe het gerepareerd kan worden als het dat niet meer doet), maar vooral ook vanwege het directe aandeel dat de mens nog heeft bij de werking ervan. Die knoppen moeten echt met enige kracht worden ingedrukt (en niet alleen licht met de vingertoppen beroerd), dat vakje met die kroket of die nasibal of bamischijf (of, inmiddels allang uit de automatiek verdwenen, dat huzarenslaatje) sprong niet vanzelf open, het bedienen van die flippers vereiste zelfs een behoorlijke mate van fysieke behen-

De uitdrukking 'uit de muur eten' heeft mij altijd met weerzin vervuld. Te plat, te grof.

digheid – en als er iets vast bleef zitten (plaat blijft hangen, deurtje opent niet, zilveren kogeltje zit klem) gaf je ergens een ram op, en hup.

Bij de mechanische technologie kon de mens nog af en toe laten zien wie hier eigenlijk de baas was.

Daarbij komt: het had allemaal iets onweerstaanbaar Amerikaans, zowel die jukebox als de flipperkast als de automatiek, op dezelfde manier als ook Cadillacs en petticoats en glimmend chroom en neonletters dat hadden.

'Amerikaans' als adjectief voor de ongekende mogelijkheden en vooral ook de stijl van een nieuwe tijd: modern (vanuit het heden gezien 'ouderwets modern') – zoals ook zowel de jazz van de Pleiners als de rock-'n-roll van de Dijkers dat waren – en wat mij betreft nog steeds zijn. Een aspect van de automatiek, dat laatste, dat ik veel hoger aansloeg dan het gastronomische genoegen dat ik er óók aan beleefde.

De uitdrukking 'uit de muur eten' heeft mij dan ook altijd met weerzin vervuld. Te plat, te grof. Alsof je ter communie zou gaan omdat je plotseling trek hebt gekregen in een snelle hap.

Het ging om de magie van de plek, die hel verlichte inham die tegelijk wel en niet deel uitmaakte van de straat, alsof je al met een been in die nieuwe tijd stond, in de nieuwe wereld van het in de rock-'n-roll gedroomde Amerika – en daar niet alleen was, of eigenlijk niet alleen alleen, maar samen met anderen, gelijkgestemden.

Het geluid van de muntjes die via de gleuf ratelend hun weg naar beneden vinden om daar rinkelend in een onzichtbaar geldbakje te belanden en dan *klak*, het opentrekken van het deurtje – waarbij de eigenlijke traktatie niet de lauwwarme snack is die daar ligt te wachten, maar het bijna buitenaardse licht waarmee hij wordt opgediend.

Rollator

Lex ter Braak

Sinds de uitbreiding van het Stedelijk Museum in Amsterdam is het een vertrouwd beeld: de toegang tot het nieuwe buitenterras wordt geblokkeerd door schots en scheef achtergelaten rollators. Zij zijn daar even wanordelijk gestald als de scooters voor een hip café.

Voor de kenner biedt de verzameling rollators een veelzeggende aanblik: de Quatro, Road Drive, Wheelzahead, Capero, Smart Rollator doen nauwelijks hun best niet op elkaar te lijken. Het jonge personeel laveert er met volle dienbladen behendig doorheen. Buschauffeurs en reisleiders manen een luidruchtige groep van oude dames en heren tot haast.

'Moeten we weer gaan,' roept een vrouw met kortgeknipt haar, terwijl ze een ANWB-achtig boekje, *Musea in Nederland*, in haar plastic tas laat glijden. Anderen komen opgewekt overeind en schuifelen voetje voor voetje, alsof de stoep een oneindige ijsvloer is, naar hun rollator. Hun blik houden zij strak gericht op de handgrepen van het kleine karretje, hun mobiele bron van zekerheid.

Toen de Zweedse Aina Wifalk dit handige hulpmiddel ontwikkelde ter ondersteuning van haar eigen instabiele lopen, kon zij de internationale triomftocht van haar rollende looprek toch nauwelijks vermoed hebben. Laat staan dat zij deze fi-

levorming had kunnen voorzien bij het Stedelijk Museum, het episch centrum van de avant-garde in de tijd dat dit bejaarde gezelschap nog aan de toekomst dacht.

Had de duivelse Marinetti, de Italiaanse kunstenaar en visionair, dit beeld voor ogen toen hij in 1909 zijn futuristische manifest schreef? En hij de machine en de snelheid van de twintigste eeuw stelde boven de Nikè van Samothrake, het marmeren meesterwerk uit de klassieke oudheid.

Zo ja, dan betekent dit voor de rollators buiten het museum nog maar een paar lichte duwtjes naar hun volledige emancipatie. Dan staan ze straks in de museumzalen, waar ze de volle aandacht krijgen die ze als hedendaagse bewegingsmachines verdienen. Fonkelend van staal en aluminium, intelligent design, opvouwbaar, voorzien van parkeerrem, zitvlak, draagrek, boodschappennetje.

De Nederlander is moralistisch en ambieert geen val, al ziet hij van oudsher wel graag anderen vallen.

Maar niet te snel nu, want Marinetti riep ook op de musea te vernietigen. Het bewonderen van een oud schilderij vond hij als het storten van gevoelens in een grafurn. Beter was het die in te zetten voor een agressieve beweging voorwaarts, 'met heftige stoten van schepping en actie'. Dat pleit er dan toch weer voor om de rollators, al is het maar kalmpjes, in beweging te houden, Marinetti's mausoleum te verlaten en gauw de bus in te gaan – *to keep life rolling.*

Dat de rollator in Nederland tot aan de poorten van het museum voor hedendaagse kunst is gekomen, kan nauwelijks verbazing wekken. Hij was ons als archetype al in verschillende vormen vertrouwd. Als prefiguratie is hij te herkennen op de ijsgezichten van de zeventiende-eeuwse schilder Hendrick Avercamp: als houten attribuut om te leren schaatsen, als duwslede om personen en goederen over het ijs te vervoeren. Hij is als eenvoudige keukenstoel zichtbaar op oude winterfoto's die in kasten, dozen, albums hun tijd afwachten, de stoel die kinderen, en soms volwassenen, moest behoeden voor het vernederende vallen.

Maar er zijn betere redenen te noemen waarom de rollator niet meer uit het Nederlandse straatbeeld is weg te denken.

Allereerst maakt het vlakke land het gebruik gemakkelijk. Het risico dat de rollator plotseling de leiding neemt en je bergafwaarts sleurt, is nauwelijks aanwezig. De rechte, overzichtelijke straten en stoepen voorkomen onverwachte botsingen of onhandige manoeuvres.

Maar vooral zien Nederlanders de dingen graag goed geregeld en helder gestroomlijnd. Of dat nu komt door de noodzaak tot het zo gemakkelijk mogelijk klieven der golven om de wereldzeeën te bevaren, of dat het een onontkoombaar neveneffect is van onze mathematische inpolderingsdrift of de vertaling van onze calvinistische angst voor de ondoorgrondelijke zondenval, wil ik buiten beschouwing laten.

Feit is dat de rollator een duidelijk en praktisch antwoord is op een probleem – en dat is in Nederland een belangrijke, zo niet essentiële voorwaarde voor succes. Voor de toenemend vergrijzende bevolking is de rollator een laatste houvast en daar klampt eenieder die het nodig heeft zich maar al te graag aan vast.

Het is in dit verband interessant te bedenken dat met de rollator de bewegingscyclus van de mens weer terug is bij af. We beginnen ons bewegende leven immers met op handen en voeten als een viervoeter te kruipen – totdat we ons op een (on)zeker moment oprichten, om met vallen en opstaan van stoel naar stoel te wankelen.

Die stoel zal ons niet loslaten en in veel vormen terugkomen, als mogelijkheid om op te zitten, om houvast te zoeken als we ons evenwicht kwijt zijn, als uitdrukking van ons maatschappelijk leven. En op een gegeven ogenblik grijpen we naar de rollende stoel om ons lopen de stabiliteit te geven die het zonder dit verlengstuk van de armen niet zou hebben. En als we dan moe zijn zakken we neer op het zitvlak van die toch wel verdomd handige rollator.

Mooi of sexy is de rollator in het geheel niet. Mogelijk is het ook typisch Nederlands om dat niet belangrijk te vinden – zeker zolang het nut gediend wordt.

Een rollator strookt evenmin met het romantische levensgevoel van Nescio's *Dichtertje*. Hij droomt van de meisjes aan de overkant van de gracht, van een leven dat wonderen bevat, van vallen in Marinetti's volheid der tijden.

'Een groot dichter zijn en dan vallen.'

De rollator is de zekerste garantie dat niets van dat alles zal gebeuren.

De rollator loopt vooruit op de dood, die volgens het gezegde iedereen gelijk maakt. Zijn uniforme uiterlijk, de verschillende types ten spijt, illustreert dat en zo gezien is de rollator een memento mori. Een teken om het sterven te gedenken.

Heden ik, morgen gij. Hij is een aansporing tot het vermijden van de hoog-

moed die voor de val komt. De Nederlander is moralistisch en ambieert geen val, al ziet hij van oudsher wel graag anderen vallen.

Als de rollator een plaats in een museum krijgt, dan is het Rijksmuseum in dit licht bezien zijn meest natuurlijke plek. Op zaal kan de rollator een eigentijdse dimensie geven aan de rijke traditie van de zestiende- en zeventiende-eeuwse vanitas schilderijen. En een verbond met de schilderijen van Avercamp aangaan.

Hoe is het om een rollator te gebruiken? Ik weet van een gekrompen huis, waar de handgrepen van twee rollators hun sporen op respectievelijk 65 en 75 cm hoogte op muren, kasten en deuren achterlaten. Zwarte strepen en ingeslepen groeven markeren hun overlappende en divergerende routes door slaapkamer en keuken.

Het dagelijkse parcours van beide gebruikers, een echtpaar, is een strijd tegen stilstand die zonder de rollator allang in hun nadeel beslecht was. Elke nieuwe buts is een overwinning. Kerven in de stok van de tijd.

Ik kan mij voorstellen dat de eerste stap een gevoel van schaamte met zich meebrengt. De schaamte van de afgedwongen publieke bekentenis dat het fysiek allemaal niet meer op rolletjes loopt. Maar het kan niet anders of op een dag ben je die schaamte voorbij en vind je je omringd door medegebruikers.

Heb je het geluk in goed gezelschap met de bus mee te mogen, dan ren je na het sissend openklappen van de deuren innerlijk joelend achter je rollator aan. Je stormt het terras op, als was je net zo jong als het leuke personeel dat daar rondloopt en uitbundig plof je neer op de eerste de beste stoel. Je rollator als een machtige zegewagen ergens aan de kant.

Hij heeft je tot hier gebracht.

Raam

Tommy Wieringa

Bij de receptie van het hotel altijd dezelfde vraag: is er een tafeltje, een raam met uitzicht en kan het raam open. Meer is niet nodig om gelukkig te zijn.

Vaak kan het raam niet open. Soms is er een luchtrooster, soms ook niet. Amerikaanse veiligheidsvoorschriften. Uit een open raam kun je vallen en frisse lucht bederft de volmaakte klimaatomstandigheden van de airco. Vaak ook staat het bureautje in een hoek bij het raam vandaan zonder dat het kan worden verplaatst.

Ik wil graag werken met een beetje uitzicht, zeg je, hebt u geen andere kamer.

Er is geen andere kamer. Een heel enkele keer is er zelfs geen raam. (Hotel Des Alpes, Djibouti.)

Zo zit je, terwijl je werkt, bijna altijd met een muur voor je neus. Het domme behang. Je hoopt op een uitzicht dat schoonheid biedt of rumoer, leven in de brouwerij, botsingen en omhelzingen; voor een goed raam kijk je met één oog in de wereld daarbeneden en met het andere in die voor je op papier. Het ontslaat je van het corvee om naar buiten te moeten en deel te nemen, om *eropuit te gaan* en misschien iets te beleven, alles is er al en je kunt je zonder schuldgevoel overgeven aan de inertie die je ver van huis kan overvallen als een onoverwinnelijk geworden innerlijke zwakte, zoals Sebald dat noemt.

Meestal kijkt het hotelraam uit op willekeurige uitsnedes, de achterkant van de stad; de klimop van afvoerleidingen en bliksemafleiders, de dakrand met duiven eronder, schoorstenen, een reep blauwe lucht. Het schemert er altijd, gerammel van keukengerei stijgt op. Beneden, op dat loze stukje aarde op de bodem van de schacht waar schimmels aan de donkere stuc vreten, staat de afwasser van het hotelrestaurant te roken.

Niemand zal ooit het onaanzienlijke uitzicht beschrijven waar geen schilder ooit komt en geen glazenwasser ooit de beslagen, lichtloze ramen aan de overkant lapt, maar jij neemt voor het moment genoegen met dat beetje blauw boven je hoofd, de postduiven die daar gegroepeerd doorheen stuiven en de weerschijn van het laatste zonlicht, terwijl je gedachten teruggaan naar het uitzicht dat je had in het Sheraton in Brooklyn, waar je op een van de bovenste verdiepingen tussen een corridor van torenflats op de Hudson uitkeek en, verder weg, op het Vrijheidsbeeld, tot haar eigen souvenir gekrompen. Blusboten en cruiseschepen voeren de rivier op en af, speedboten en ferry's – de kalme drukte van een waterweg. Daarachter, achter de hijskranen en de terminalhavens, lag het uitgestrekte land dat eens aan zovelen was beloofd en nu zijn zuidgrens had verzegeld met een metershoog hek en genoeg troepen om een klein land te bezetten.

'Alle gasten die aankomen,' schreef Benedictus in zijn kloosterregel, 'moeten worden ontvangen als Christus zelf, want Hij zal eens zeggen: "Ik kwam als gast en gij hebt mij opgenomen."'
Ook daar, in een gastenkamer van de cisterciënzer abdij in het bos bij Diepenveen, zat het tafelmeubel vast aan de tegenoverliggende muur, zodat ik op de grote houten zolder van het gastenverblijf rondscharrelde tot ik een tafeltje vond. Zo keek ik uit over een weide tussen de bomen, waar soms reeën en een kluizenaar met gelijke schuwheid passeerden. De appelbomen onder het raam hingen vol, een paar maal daags reed er een boer op een trekker langs die de kloostergronden bewerkte.

De kamerdeur had twee sleutelgaten, een voor jezelf en een voor de abt, die hij in vroeger tijden 's avonds in het slot draaide en 's morgens weer opendeed. Het tweede sleutelgat beperkte het aantal zondes dat in de tussentijd bedreven kon worden tot een minimum.

Als Christus zelf werd ik ook ontvangen bij de dominicanen in Huissen, waar het raam uitzag over de uiterwaarden achter de winterdijk, en de benedictijnen in Egmond-Binnen, waar het zicht benomen werd door een gesloten rij eikenbomen, vol in het blad, die splinters licht doorlieten, stralend als sterren aan de avondhemel. Het bos zette uit en kromp, alsof het ademde.

Lodewijk van Deyssel beschreef eens een huis waar je ongezien in alle windrichtingen uit het raam kon pissen – ik wist wat ik wilde. Ik vond zo'n huis, het heeft een werkkamer met uitzicht op esdoorns, eiken en wilgen, waar het licht ook al zo tussen de bladeren klettert en bewegende patronen op de muren legt, als waterreflecties op de plafonds van grachtenhuizen.

Tussen de takken zaagde ik een zichtlijn, een koker in het groen die het beeld van de weilanden daarachter doorlaat, de sloten en de maïs, de buizerd en de grauwe gans, maar bovenal de kievit en de haas, die mijn redeloze liefde hebben.

Je hoopt op een uitzicht dat schoonheid biedt of rumoer, leven in de brouwerij, botsingen en omhelzingen.

In het voorjaar zag ik een grote kraai die zich achter in het weiland met iets vermaakte. Ik haalde hem dichterbij met de verrekijker en zag dat hij pikte naar een kleine haas, niet groter dan een kinderhand. Gewoonlijk vind ik dat de natuur haar gang moet gaan, ik sluit mijn ogen en prevel 'gedenk te sterven', maar de haas is een vriend, zodat ik roepend en wild zwaaiend met mijn armen het weiland in rende.

De kraai vloog op, het haasje leek ongedeerd maar in de war, het kwam naar me toe alsof de vriendschap wederkerig was en zocht beschutting tegen mijn schoen – groot was mijn behoefte om het op te pakken en gerust te stellen, maar ik raakte het niet aan omdat de haas de eerste weken van zijn leven is uitgerust met een sublieme geurloosheid die hem beschermt tegen allerlei snuffelaars met slechte bedoelingen.

Uitgegroeid tot een schonkige hardloper maakt hij nu zijn lange *rushes* evenwijdig aan de slootkant, zijn oren plat langs zijn kop, pronkend met zijn snelheid als David Campese in zijn beste dagen.

Solex

Carel Peeters

'Zo betrouwbaar als de Nederlandsche Bank' en 'voor mij geen risico', waren in de jaren vijftig twee manieren waarop de Solex werd aangeprezen. In grappen werd hij vergeleken met een schoonmoeder. Die stond altijd voor je klaar, was zuinig en 'bromt zo gezellig'. De Solexclub AOW schaamde zich allerminst voor de associatie met ouden van dagen. Die letters stonden voor 'Altijd Op Weg' en niet voor de Algemene Ouderdoms Wet.

Beschetener Hollands kon een vervoermiddel niet zijn. Het braafste vervoermiddel uit de stal, waarin merken domineerden van echte bromfietsen als Puch, Kreidler en Florett. In de categorie 'brommers' deed de Solex eigenlijk niet mee: hij was te veel iets voor de voorzichtige gezeten burger, en niet voor snelle jongens, voor wie het hebben van een brommer gelijkstond aan wegracen van ouders en leraren.

De Solex had vanaf het begin van zijn furore in de jaren vijftig de geur om zich heen van het plastic tafelkleed op de keukentafel. Die eer deelde het tafelkleed met de geur van de lange leren jas tegen weer en wind, een kledingstuk dat bedoeld was voor de berijders van echte motors, en niet voor bezitters van wat niet meer was dan een brommende fiets, die maximaal pruttelend dertig kilometer kon halen.

Als de berijder van de Solex geen leren jas droeg, had hij een regenjas aan van onbestemde kleur, waarvan de ceintuur om zijn middel was gesnoerd. Negen van de tien keer hoorde daar een alpinopet bij.

Ook al werd van de Solex gezegd dat zijn frame met een zwanenhals te vergelijken was, de berijder zat er allerminst als een zwaan op. Het is dat hij zijn beide handen aan het stuur moest houden, anders had hij ze braaf over elkaar geslagen, alsof hij in een schoolbank zat.

De Solex behoort tot de lagere school van de vervoermiddelen. Er is door de Nederlandse fabrikant Van der Heem eindeloos aan gesleuteld, maar nooit echt iets aan veranderd. Elk jaar moest op de RAI een nieuwe Solex worden gepresenteerd en het was altijd dezelfde, maar dan iets anders. Niemand zag het verschil. Er werd een spatbord wat groter gemaakt of een automatische koppeling aangebracht, zodat de motor voor het stoplicht bleef draaien. In het 'topjaar 1965' werd de bagagedrager van vorm veranderd, 'waardoor de gereedschapstrommel niet langer binnen de bagagedragerstangen is opgenomen, maar eronder hangt'. Revolutionair was het blauwe model (in plaats van het standaard zwarte), dat speciaal werd gemaakt voor vrouwen. De kleur blauw was gekozen omdat het 'een typisch vrouwelijke kleur is'. Blauw was 'een symbool van trouw en vriendschap', bovendien gaf blauw 'een rustig en tevreden gevoel'. De Solex, synoniem van een rustig en tevreden gevoel.

Het 'rijwiel met hulpmotor' bleek te zijn gestolen. Ik was een heler.

Mijn eigen bemoeienis met de Solex was een korte bevlieging rond mijn zeventiende, in 1960, toen ik van een jongen die ik nauwelijks kende voor vijfentwintig gulden een tweedehands exemplaar kon kopen. Ik had geen enkele aanvechting om op een brommer te gaan rijden, maar nu iemand een Solex aanbood voor zo'n gering bedrag, vond ik het wel een aardig idee. Voor mij was het een zelfrijdende fiets. De Solex had, door de motor op het voorwiel, iets knutselachtigs, als iets wat met de hand was gemaakt in de schuur op zaterdagmiddag.

Nadat ik er een paar dagen op had gereden, kreeg ik bezoek van de politie: een klassieke rechercheur in regenjas met een opgeslagen kraag ondervroeg mij scherp over de Solex.

Het 'rijwiel met hulpmotor' bleek te zijn gestolen. Ik was een heler.

De Solex was ik kwijt, maar ik treurde er niet om. Mijn genegenheid was lauw en betrof uitsluitend zijn knutselaura – alsof ik hem zelf had kunnen maken, als ik had gewild. Zoals je ook wel zelf een radio kon maken, of iets dat op een lamp leek.

Het pookje, dat officieel de 'motorlichter' wordt genoemd omdat je daarmee het motortje van het voorwiel haalde, is het symbool van het zelfgemaakte aan de Solex. Het had iets aandoenlijks dat je alleen door het motortje op een wiel te duwen iets in gang zette waardoor de fiets automatisch wegreed.

De associatie met knutselen is zo gek nog niet, want er is, zoals gezegd, eindeloos gesleuteld en verbeterd aan de Solex, zonder dat iemand het heeft gemerkt. Behalve de fabrikant.

Washand

Jeroen van Kan

Het gebruik van de washand is gebonden aan een strikt protocol. In mijn geval werd me dat bijgebracht door mijn moeder en mijn oma. Vooral de sessies met mijn oma staan me nog helder voor de geest. Het was geen wassen wat zij deed, het was schrobben, geselen tot elke overtollige schilfer opperhuid had losgelaten. Het gevoel van de ruwe badstof in je oorschelp, hoe haar vinger ronddraaide in de opening, hoe je je hoofd weg wilde trekken en hoe haar andere hand dat verhinderde door je stevig beet te pakken.

Pas als het hele parcours was afgelegd, met een fanatisme dat je meestal alleen aantreft in rebellengroepen, mocht ik moe gemaltraiteerd bijkomen in kleren die liefst zo doordringend mogelijk roken naar wasmiddel. Een potpourri van luchtjes. Shampoo, zeep, deodorant, alles moest ruiken naar schoon.

Het gewassen worden houdt pas op als de wassende ouder voelt dat het protocol nu ook deel van jouw systeem is geworden. Zodra het systeem door de kracht van de herhaling diep in je is verankerd, mag je zelf aan de slag.

Mijn wasprotocol is nog steeds dat van mijn moeder en oma. Belangrijk onderdeel van die methode vormt de hiërarchie in lichaamsonderdelen. Er is een rangorde, die is gebaseerd op reinheid. Eerst het gezicht. Pas na wangen, neus

en voorhoofd de oren. De ooropening kan oorsmeer bevatten en resten daarvan mogen de omliggende gebiedsdelen niet vervuilen.

Wie strikt in de leer is, spoelt de washand eerst grondig uit en zeept opnieuw in alvorens verder te gaan richting borstkas en armen. We doen eerst de armen, dan de oksels, dan borstkas en buik, dan de rug (die we eerst van boven, over de schouder heen, en dan van onderen, langs de lendenen, benaderen).

Niets typeerde de Nederlander meer dan zijn pogingen Nederland te kleineren.

De puritein spoelt de washand nu nog een keer uit en zeept opnieuw in. Die handeling geldt als terug naar begin. Uitspoelen en opnieuw inzepen zet de washand weer op nul, ook al blijft het nog steeds verboden af te wijken van het protocol. Ook met een opnieuw ingezeepte washand kan niet zomaar een gezicht worden gereinigd als vlak daarvoor het geslachtsdeel of de voeten ermee in aanraking zijn geweest.

Er zijn mensen die twee soorten washandjes onderscheiden: dat voor van boven en dat voor van onderen. Onze familie behoorde tot die categorie. De washand voor van onderen heette bij ons niet 'de washand voor van onderen' maar de washand die bestemd was voor 'het reinigen van het souterrain'. Souterrain, de gehele genitale sector kon daar schaamtevrij mee worden aangeduid. Als er echt niet te ontkomen viel aan nadere specificatie, dan kon het vrouwelijk geslachtsdeel een 'babbetje' worden genoemd, maar dat woord mocht alleen in noodgevallen worden gebruikt. Voor het mannelijk geslachtsdeel bestond geen schaamwoord, of het is me nooit verteld, uit angst dat ik het ooit zou gebruiken.

Ik heb mensen gekend die twee kleuren washandjes gebruikten. Groen voor boven, rood voor beneden. Ik heb ook mensen gekend die washandjes voor van boven en washandjes voor van onderen niet in dezelfde trommel wilden wassen. De soort zal intussen zijn uitgestorven, vermoed ik.

Het doucheprogramma mag wel worden afgewerkt met een en dezelfde washand, zolang maar niet van de voorgeschreven route wordt afgeweken. Je kunt niet eerst de kont wassen en dan de geslachtsdelen. Eerst de lies, dan het geslachtsdeel en dan de kont. Het is eenrichtingsverkeer. Terug naar boven is verboden.

De voet vormt het sluitstuk. Die mag best gewassen worden met een washand die er al een hele reis langs de meest onsmakelijke lichaamsdelen op heeft zitten. Een voet is nog minder dan een kont.

De washand kan heel goed dienen als embleem van reinheid. In zijn studie *Overvloed en onbehagen* beschrijft historicus Simon Schama hoe in de zeventiende eeuw bezems, borstels en zwabbers werden gebruikt als reinheidssymbool. Er zijn talloze voorbeelden van emblemen waar ze op voorkomen. Tromp bond een bezem aan zijn boegspriet, om aan te geven dat hij de wereldzeeën uit zou bezemen en schoon schip zou maken.

Let op dat begrip ‘schoon schip’. Schama wijst erop dat het Nederlands de enige taal is waarin een etymologische verwantschap bestaat tussen het mooie en het schone. Schoonheid, natuurschoon, schone kleren, schone vloeren. Het kan natuurlijk een etymologische toevalstreffer zijn, maar waarschijnlijker is dat we het reine doelbewust met het mooie verbonden en in het mooie ook altijd het reine waardeerden.

Wie het hoofdstuk leest dat Schama aan onze bijna militante schoonmaakwoede wijdt, kijkt niet alleen naar gewoonten en gebruiken van zeventiende-eeuwse voorouders, maar kijkt ook in de spiegel, hoezeer de maatschappelijke verhoudingen ook zijn veranderd. Ook mijn oma schrobde op gezette tijden de stoep, in nauw overleg met de buren, ze ranselde haar kleden af met een mattenklopper, ze hield vast aan een strikt schema voor het zemen van de ramen en het doen van de was.

De uitlopers van die zeventiende-eeuwse reinheidscultus monden uit in onze tijd. In mijn wasprotocol zit Nederlandse cultuurgeschiedenis verstopt.

De vraag die ook Schama niet bevredigend kan beantwoorden, is de vraag naar het waarom. Ook hem lukt het niet een duidelijk beeld te schetsen van de demon die wordt bestreden.

Welk onzichtbaar vuil probeerde mijn oma weg te schrobben? Welke gevaren moesten door meerdere kunstmatige luchtjes op afstand worden gehouden?

Er wordt geen werkelijk vuil bestreden, maar een denkbeeldig vuil. Onze reinheidscultus is ritueel, in de strikte zin. Het ritueel vindt bestemming in zichzelf. Dat er nauwelijks echt vuil is om te bestrijden, wil niet zeggen dat de eredienst van het reinigen minder betekenis heeft, het verklaart alleen waarom we zo disproportioneel hardhandig schrobben met die washand.

De gezochte schoonheid is niet strikt fysiek van aard. We voelen na die rituele reiniging dat we weer deel uitmaken van de goede wereld, de schone wereld, waar minder gevaar is en alles zijn juiste plaats heeft. We hullen ons met welbehagen in die wolk van zepige luchtjes omdat we erin zijn wie we willen zijn. Rein, gereinigd, ook inwendig van alle smetten ontdaan. De orde is hersteld.

Natuurlijk is het fijn je verbonden te voelen, te beseffen dat je met een onzichtbare navelstreng aan je land van herkomst vastzit, maar tegelijkertijd bekruipt me ook een gevoel van onbehagen als ik een poging doe een van de haarvaten in die navelstreng te beschrijven. Waarom wil ik mezelf betrappen op gedrag dat als Nederlands kan worden getypeerd? En als ik het betrap, wat zegt dat dan over mij? Wat wil ik dat het over mij zegt? En waarom voel ik die behoefte juist nu?

Ik kom uit een familie die er, alle schaamwoorden en reinheidsrituelen ten spijt, juist naar streefde zo min mogelijk Nederlands te zijn. De benepen moraal van ons land was niet de onze. Aan al het burgerlijke moest de oorlog worden verklaard. Wij aten kosmopolitisch. Wij reisden veel en graag. Een aantal van ons woonde ook liever buiten Nederland. Hong Kong, New York, Caïro... Overal elders was meer beschaving, waren hogere gebouwen, was het culturele leven beter ontwikkeld. Nee, dan de Hollanders in hun moerasdelta, waar ze het allemaal zo goed voor elkaar dachten te hebben. Alleen wie nooit over de schutting had gekeken kon trots zijn op die poel van kleingeestigheid en middelmatigheid waarin we ons behaaglijk wentelden...

Onze familie behoorde vanzelfsprekend niet tot dat deel der natie. Wij waren mannen en vrouwen van de wereld, bereisden de globe alsof het onze achtertuin was, terwijl onze buren reisjes maakten rond hun navel, in de veronderstelling dat die het middelpunt van de wereld vormde.

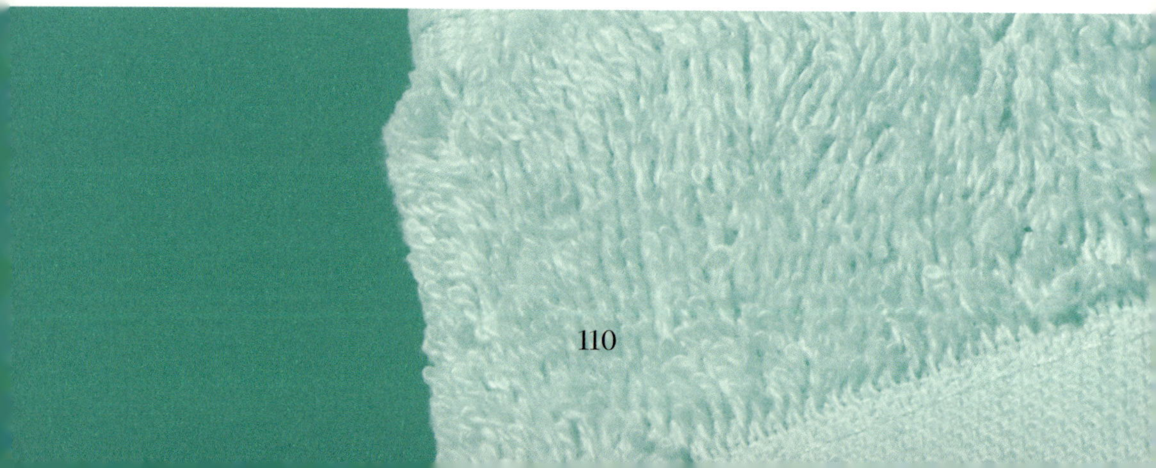

En dan die Nederlandse literatuur! Ook daar niets dan navelstaren. En dan ook nog in van dat zuinige houtenklazenproza.

'Geen woord te veel, hoor!'

Hadden wij een Vladimir Nabokov, Saul Bellow, Thomas Mann of Marcel Proust binnen de gelederen? Nou dan. Een halve bladzijde Tsjechov was meer waard dan alle boeken van De Grote Drie bij elkaar!

Niets typeerde de Nederlander meer dan zijn pogingen Nederland te kleineren. En ineens was daar een nieuw soort nationaal zelfbewustzijn, of werden er althans pogingen gedaan iets dergelijks op te tuigen. Ineens kwamen we in een collectieve restauratieve fase terecht waarin een verkiezing van grootste vaderlander werd georganiseerd, een canon werd opgesteld, televisieprogramma's werden uitgezonden met titels als *Ik hou van Holland* en *Holland's Got Talent*. Al onze voormalige culturele reserves gingen overboord. Waarom? En waarom voedt die ommezwaai mijn onbehagen? Grote vragen. Het nadeel van de reikwijdte van je vragen vergroten, is dat je ze buiten het bereik van een onmiddellijk antwoord duwt.

Toen mijn oma de negentig naderde, dementeerde ze. Al haar strikte programma's raakten in de war. Uiteindelijk moest ze naar een verpleeghuis, waar ze door het verplegend personeel werd gewassen.
De zuster gebruikte twee washandjes. Eentje werd gebruikt voor twee routineuze halen langs voor- en achterkant van het souterrain. Met het andere werd oma afgerost zoals ze mij vroeger afroste. Ook bij die zuster weer datzelfde fanatisme, dezelfde hardhandige schoonheidsdrift. Onbehagen of niet, toch troostrijk dat het wasprotocol deel uitmaakt van onze collectieve genen.

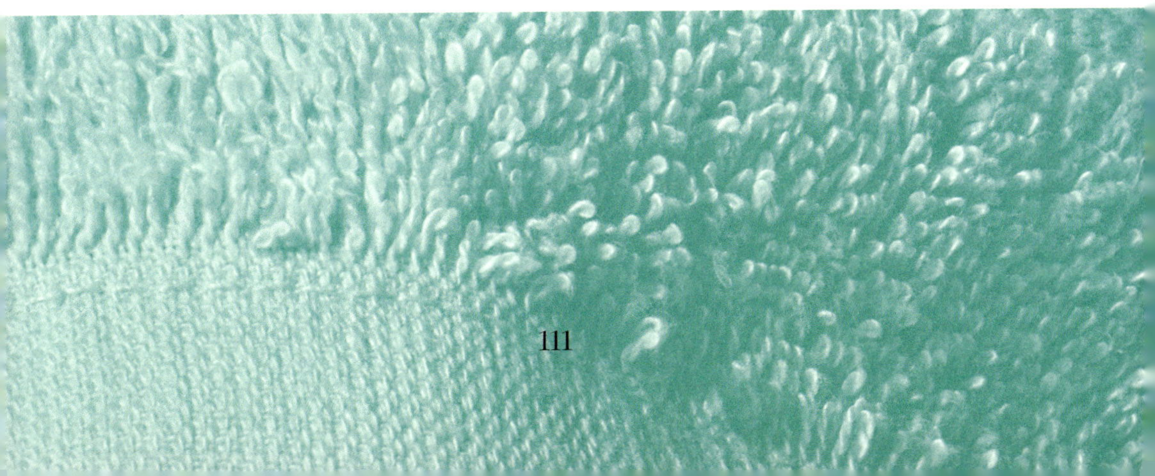

Haringkar

A.L. Snijders

Ik heb nooit een haring gekocht bij een kar, altijd in een viswinkel, een supermarkt, een kraam. De haringkar die ik nu bezoek, staat in een kleine provinciestad aan de IJssel, twaalf kilometer van mijn huis. Voor de haring hoef ik niet te gaan, maar ik heb vernomen dat je in de buurt van een haringkar moet zijn als je de mens wil leren kennen. Dat wil ik.

Het is mooi, warm weer. Een norse klant vraagt of de vis wel koud genoeg is. De visman met het mes is geïrriteerd: 'Als ik de vis niet koud kan houden, had ik hier niet veertig jaar kunnen staan.'

Een man naast me zegt op fluistertoon dat je in ons land de beste haring in Stavoren kunt krijgen. Ik antwoord zachtjes dat dat meer dan honderd kilometer rijden is. Dat heb ik er niet voor over.

De visman vraagt hoe ik de haring wil, Rotterdams of Amsterdams, aan een stuk of in mootjes. Aan een stuk betekent exhibitionisme. Je moet hem bij zijn staart pakken, je hoofd ver achterover houden en de haring daar weer boven laten hangen. Zoiets persoonlijks doe ik alleen in de beslotenheid van mijn kamer, niet op straat, dat hoeven vreemde ogen niet te zien.

In mootjes, zeg ik.

FRENS HARINGHANDEL
HARING

Ik ben een vreemde aan deze kar – de man en ik, we kennen elkaar niet. Hij legt me uit hoe het historisch is gegroeid.

Toen de Zeeuwen het kaken hadden uitgevonden, kon de haring over grotere afstanden vervoerd worden. Zelf hadden ze het versheidsmonopolie, maar als ze met hun vis in Rotterdam arriveerden – zware wagens, grote, trage paarden – had het bederf toch al ingezet. Om dat te verdoezelen, werden de uitjes gebruikt. Amsterdam werd nog later bereikt en daar kwam het zuur er dus ook nog bij.

Bij mijn volgende bezoek aan de meer dan veertig jaar oude kar hoor ik dat er ooit sprake is geweest van een bezoek aan een festival in Istanboel. Ging niet door, de vervoerskosten zouden er niet uitkomen. Maar er was toch een soort trots, een Hollandse haringkar in een ver buitenland.

Bij de kar is nu een Pers verschenen, het is iemand die gedichten van Omar Khayyám uit zijn hoofd kent. Hij is in gezelschap van vrolijke Nederlanders die hem haring zullen leren eten.

Ze kennen elkaar, de voertaal is Engels, de sfeer vriendschappelijk, maar er hangt niettemin een vage geur van nationalisme. Zal de vreemdeling de rauwe vis accepteren? Iedereen kijkt gespannen naar zijn eerste hap van de haring.

Ik heb vernomen dat je in de buurt van een haringkar moet zijn als je de mens wil leren kennen.

Je ziet de Pers de smaak zoeken, hij is op onbekend gebied, hij weet niet of hij zelf kiest of gekozen wordt. Bij zijn Hollandse vrienden zie je iets dergelijks, ze lijken gespannen en juichen als hij het sein 'lekker' geeft. Maar ik denk dat ze zich op een andere manier chauvinistisch hadden betoond als hij een vies gezicht had getrokken.

Ik raak aan de praat met iemand die me vertelt dat hij lijdt aan ernstige depressies, die hij bestrijdt met lithium. Hij weet dat in de woestijn van Nevada het natuurlijke lithiumgehalte zo hoog is dat er minder zelfmoorden worden gepleegd dan waar ook in de Verenigde Staten. Hij overweegt te emigreren. Ik weet niet of ik dit plan moet afraden of ondersteunen.

Ik ben nu vijf keer bij de haringkar geweest en heb gepraat met vele mensen. Het is me niet slecht bekomen, maar ik ben er ook niets mee opgeschoten. Ik ben door de haringkar niet meer van mijn vaderland gaan houden.

Ik ben het liefst in mijn huis, waar ik zittend voor mijn raam geen andere huizen zie, en ook geen andere mensen. Het liefst doe ik niets, maar dat is ook niet mogelijk.

De laatste tijd bestrijd ik slakken met schoteltjes bruin bier, waarin ze verdrinken. Soms hoor ik dat dat wreed is. Ik kan het niet ontkennen, in wezen is onze houding tegenover het dier wreed, in het beste geval onverschillig.

Neem nou bijvoorbeeld de haring, die we bij miljoenen uit de zee vissen en dan rauw opeten bij een kar.

Zwarte kousen

Rosita Steenbeek

Er wordt vaak meewarig gekeken wanneer ik vertel dat ik uit twee domineesfamilies voortkom. Dat zal drukkend en benauwd geweest zijn, denkt men dan.

Niets is minder waar. Bij ons thuis werd vrolijk met het leven, God en godsdienst omgegaan. Na de maaltijd las mijn vader voor uit de Bijbel, waarbij hij zich door de Heilige Geest liet influisteren en er van alles bij verzon.

Hij las hoe de dieren de ark van Noach binnengingen: twee leeuwen, een mannetje en een vrouwtje, twee olifanten, een mannetje en een vrouwtje, twee pissebedden, een mannetje en een vrouwtje, en ook drie kleine meisjes met hun kleine broertje en dan noemde hij onze namen. Overal zijn we bij geweest, bij de wonderbare spijziging en bij de tocht van de Israëlieten door de Schelfzee. Als laatsten bereikten wij de overkant, vlak voordat de muur van water die de staf van Mozes met Gods hulp had opgericht, weer instortte, zodat we het water op onze benen voelden spatten. Het gaf me het gevoel dat die Bijbelfiguren familie van me waren.

Ook de voorbeden waren verrassend. Dan zat het gezin met gevouwen handen rond de tafel terwijl mijn vader bijvoorbeeld bad: 'Heer, strek Uw beschermende hand uit over dit dartele moedertje dat ooit bij mij tussen de lakens is geglipt en over het kleine geteisem dat te kwader ure uit haar tevoorschijn gekropen is.'

Lang niet alle protestanten zijn opgevoed met hel en verdoemenis. De bezorgde blikken sloegen op een ander protestantisme, dat van de zware orthodoxie, ook weer onderverdeeld in verschillende stromingen. Regelmatig wordt het orthodoxe protestantisme gelijkgesteld aan de Zwarte Kousenkerk, maar dat is niet terecht. De Zwarte Kousenkerken vormen een aparte groep, die van de 'bevindelijken', waar de nadruk ligt op de innerlijke beleving van het geloof, de persoonlijke omgang met God en op de 'uitverkiezing'.

Die persoonlijke omgang leidt natuurlijk tot afsplitsingen. Maar zij horen allemaal bij de enige zuil die in Nederland nog stevig overeind staat, met eigen scholen, ziekenhuizen, bejaardentehuizen, een eigen krant en een eigen politieke partij. Dat zijn de kerken van de *bible belt*, de brede ceintuur die Nederland omgordt van Zeeland tot Overijssel, waar het Woord Gods recht gesneden wordt en waar men de Tale Kanaäns nog bezigt.

Ik heb een paar persoonlijke ervaringen met de Zwarte Kousenkerk. Toen we met ons jonge gezin het dorp in Zeeland binnenreden waar we vakantie zouden houden, pakten zwarte wolken zich al samen boven de grote kerk. 'Daar ga ik zondag heen,' zei mijn vader. Ik wilde mee.

Mijn vader, renaissancist en minnaar van plastische taal, wilde zichzelf waarschijnlijk trakteren op het gebeeldhouwde Nederlands van de Statenvertaling. Mijn moeder waarschuwde mij dat de dienst twee uur zou duren, maar dat weerhield me niet.

Die zondag zat de reusachtige kerk vol met donker geklede mensen. Niet alle kousen waren zwart, maar vele wel. De vrouwen droegen hoedjes en rokken tot over de knie, niet een droeg een lange broek. Ook ik niet, want dat was taboe.

Terwijl de klanken van het orgel door de grote ruimte galmden, schreed de dominee binnen. Na een stil gebed besteeg hij de kansel. Vaste formules volgden, votum en groet, de tien geboden werden voorgelezen en stukken uit de Heilige Schrift, afgewisseld door psalmen die op hele noten uit het hoofd en uit volle borst werden gezongen.

Voordat de dominee aan zijn preek begon, liet hij zwijgend zijn blik over de gemeenteleden en nieuwelingen dwalen. Toen sprak hij langzaam en gedragen: 'Wij zijn allen dorre bonenstaken, vaten zonder bodem.'

Hij had meteen mijn aandacht.

'Onnutte dienstknechten, niet in staat tot enig goed, geneigd tot alle kwaad.' De predikant sprak met voortdurende stemwisselingen.

Vanuit een donker register zei hij plechtig: 'Als maden en wormen kruipen wij rond in het lijkvocht van onze voorouders.'

Ik zag een zweem van een glimlach rond de mond van mijn vader. Hij hield niet van slappe praat. De dominee gebruikte raadselachtige woorden als 'aanbieding'.

'Wat voor aanbieding?' fluisterde ik.

'Van de genade,' zei mijn vader.

'Hebt u de aanbieding aanvaard?' vroeg de dominee geëmotioneerd aan de gemeente. 'En hoe hebt u zich toen gezien? Hoe hebt u zich gezien...?' Het bleef stil. Er werd zelfs niet gehoest.

Vanuit een donker register zei hij plechtig: 'Als maden en wormen kruipen wij rond in het lijkvocht van onze voorouders.'

'Mijn antwoord luidt...' vervolgde hij met stemverheffing. 'Dan hebt u zich gezien: DOOD.' Nog stiller werd het.

'Wie Jezus omhelst, heeft beide gevonden: de dood en het leven. De dood in zichzelf en het leven in den Heer. Echter, velen zijn geroepen maar weinigen uitverkoren.'

Soms fluisterde de predikant, soms bulderde hij, of jammerde. 'Ooooo geliefden, doodschuldige, helwaardige stervelingen zijn we. Niets, maar dan ook niets moeten we ons verbeelden. Werpt al uw eigenwaan en al waar u aan hangt in dit ondermaanse voor de mollen en de vledermuizen.'

Ik luisterde met groeiende verbijstering, maar ook ontzag.

Hier ging het niet over een God met wie je grappen kon maken, maar over een ondoorgrondelijke, vreeswekkende, almachtige God, onvoorspelbaar als het noodlot.

Velen die dit geloof aanhangen, laten zich niet inenten of verzekeren, want alles gaat zoals God het in Zijn onnavolgbaarheid heeft voorbestemd. Dit was niet zomaar wat benauwd geneuzel, bekrompen gezever. Hier werd een tragedie opgevoerd of liever, intens beleefd.

Telkens herhaalde de predikant dat wijzelf geen enkele invloed hebben op ons heil, hoeveel goede werken we ook doen, hoe vroom we ook leven en bidden.

Met God valt geen handeltje te drijven. 'Voor wat hoort wat' is Hem onbekend. Als de Almachtige wil dat we verloren gaan, gaan we verloren.

Bijna huilend en zeer plechtig sprak de dominee: 'En áls... Áls het moment daar

is en wij zijn níet uitverkoren... Dan moeten wij... Ja, dan moeten wij... Het verdoemende oordeel Gods omhelzen.' Dat laatste woord sprak hij uit met hartstocht.

De andere ervaring met het Zwarte Kousengeloof had ik in de kerk van mijn jeugd.

Elke zondag gingen we naar een mooi, twaalfde-eeuws kerkje, waar het licht binnenviel door de romaanse ramen en houten banken op eeuwenoude grafstenen stonden. Het was een Nederlands Hervormde kerk, niet zwaar, niet vrijzinnig.

We hadden een nieuwe dominee, een blijmoedige man. Kort na zijn intree werd het avondmaal gevierd. Dat gebeurde een paar keer per jaar.

Voor in de kerk, onder de preekstoel, werd een lange tafel neergezet met een wit tafelkleed eroverheen. Een witte doek bedekte de zilveren beker met de wijn en de zilveren schaal met het brood. De gemeenteleden, alleen de volwassenen, werden in een paar groepen na elkaar uitgenodigd om plaats te nemen. Ik besefte dat het om iets heel heiligs ging.

Toen de laatste groep was aangeschoven, vroeg de dominee, terwijl hij omhoog keek naar het balkon met het orgel achter in de kerk: 'Organist, komt u ook?'

Er volgde een stilte waarin de spanning was te voelen. Iedereen wist dat de organist oorspronkelijk uit de Zwarte Kousenkerk kwam en dat hij nooit naar het avondmaal ging.

'Hij is bang voor de eeuwige verdoemenis,' had mijn vader uitgelegd, want in de Bijbel staat geschreven dat degene die onwaardig aanzit aan de maaltijd des Heren, zichzelf een oordeel eet en drinkt.

In de geladen stilte klonk een bevende stem: 'Ja dominee, ik kom.'

De trap kraakte terwijl de organist afdaalde. Hij liep mank, zodat met een onregelmatig ritme zijn stappen op de grafzerken klonken.

De organist nam plaats.

Terwijl de dominee het brood brak, herhaalde hij de woorden van Jezus: 'Dit is mijn lichaam. Doe dit tot mijn gedachtenis.'

De organist at van het brood. Hij dronk uit de zilveren beker, het bloed van Christus.

Nu hoorde de organist er ook helemaal bij, dacht ik tevreden. Het was een vriendelijke stille man.

De volgende dag was de organist dood.

Sinds dat moment begrijp ik dat er met Zwarte Kousen niet moet worden gespot.

Chocoladeletter

Joyce Roodnat

Zodra hij niet meer in Sinterklaas geloofde, at mijn broer zijn chocoladeletter altijd meteen helemaal op. Om mijn moeder te plagen.

Voor haar wás de chocoladeletter het sinterklaasfeest. Van Droste, gehuld in antibreuk-vloeipapier met ribbels en dan in een doosje-in-cellofaan. Gaandeweg pakjesavond dook er voor iedereen een op uit de wasmanden met cadeaus. Ook voor haarzelf. Met haar naam erop in haar eigen handschrift.

Sinterklaasavond is voor veel families een watermerk. Ook voor de mijne. Lootjes trekken? Geen denken aan. Iedereen maakt iets voor iedereen. Je mag heel smerig. Je mag indiscreet. Je mag eng. Ik kreeg eens een surprise die eruit bestond dat ik in een koker greep en werd besprongen door levende, ik herhaal *levende*, sprinkhaantjes. Daaronder zat mijn cadeautje.

En we zingen, we kennen de liederen. Het prachtige 'Hoor de wind waait door de bomen', met de geniale tweede strofe: 'Hier in huis zelfs waait de wind.'

Het dubbelzinnige 'De zak van Sinterklaas'. Het gulle 'O kom er eens kijken', dat ik maar vreemd vond.

'Een snoezig jurkje kant en klaar?' Kleren zijn geen cadeau – dat weet iedereen. En ook die 'twee kaatseballen in een net' kostten me moeite. Maar dan, het besluit van beide coupletten: 'Een letter van banket.' Dat zong ik zonder begrip voor de inhoud. Want een letter is van chocola.

Verkade

Zolang Sinterklaas op bezoek kwam, kregen we onze letter persoonlijk van hem overhandigd. Voor iedereen hetzelfde pakje, dat voorkomt kinnesinne – dat was het idee.

En dat was een vergissing.

Ik heet Joyce. Mijn broer heet Michiel.

De J is kleiner dan de M.

Ja, maar hij weegt evenveel, zeiden ze.

Dat was dus duidelijk een smoes.

De J is niet alleen kleiner, het is een rotletter. Een stukje ervan afbreken? Gaat niet. Je kunt er alleen een hap uit nemen, God zegene de greep. Maar dat doet God niet. Die hap valt altijd zo groot uit dat je kwijlt.

Heette ik maar Katrijn. Of Wilhelmina. Ottolien voor mijn part, zelfs de O breekt beter dan de J.

De chocoladeletter heeft me getekend. Nog altijd denk ik snel dat ik tekortkom.

En toch houd ik van de chocoladeletter.

Hij verdwijnt twee seizoenen lang. En ineens is hij er weer.

Hij is een soort zwaluw. Hij verkondigt de decembermaand.

Ha, chocoladeletters in de winkels. Het is nog maar september en we kopen 'm nog niet, maar we beseffen: december komt eraan. De liefste maand. De maand dat het niet op kan. De maand dat we een boom in huis halen die we vol hangen met glazen speelgoed. De maand van de feestjurk. De maand die besluit met oliebollen bakken en samen wachten op de slag van middernacht.

Ik heet Joyce. Mijn broer heet Michiel. De J is kleiner dan de M. Ja, maar hij weegt evenveel, zeiden ze.

Maar om te beginnen is december de maand van het visioen van het witte paard dat over de daken stippestapt. En het startschot is de chocoladeletter.

Nergens ter wereld wordt hij gemaakt, alleen hier. Santa Claus is bijna Sinterklaas, maar de chocoladeletter kent hij niet.

Terwijl het zo'n prachtig geschenk is. Je naam, dat ben je zelf. De eerste letter van je naam is het meest eigen presentje dat er bestaat.

Simpel idee, groot effect.

En toen ging mijn moeder dood. Ze was 82 en ze deed het goed, sterven. Ze zei ineens: 'Ik wil in een hospice.' Wat ons voorbarig leek, maar ze hield vol.

Toen ze haar huis voor het laatst verliet, keek ze niet één keer om. Dat die zwik ingelijste babyfoto's (kinderen in zwart-wit, kleinkinderen in kleur) meeging, was omdat mijn broer ze had ingepakt.

Binnen een week was ze weg. Ingeslapen, heet dat en dat was precies wat het was.

Mijn moeder stierf in mei. Niemand dacht nog aan Sinterklaas, maar daar lagen ineens de chocoladeletters in de schappen. De eerste Sinterklaas na haar dood.

Wat doen we?

We vieren het: wij, onze echtgenoten en onze kinderen.

Op tafel bij mijn broer ligt een stapel rechthoekige pakjes. Chocoladeletters, kan niet missen.

'Suffie, je hebt vergeten er namen op te zetten,' zeg ik tegen hem.

Hij trekt zijn neutrale gezicht, hij is geweldig in neutraal kijken, vooral als hij... Aha, dit is een surprise: zoek je letter.

Iedereen pakt een pakje en ratst het papier eraf, met grote gebaren, zoals wij dat doen.

Iedereen heeft de verkeerde letter. Hilariteit. Waar is de mijne!? Geef hier!

Goeie surprise, denk ik. Basic, maar goed.

Maarrre.. d'r zit geen J bij. Ik zie wel een Y, voor mij, neem ik aan.

En er missen nog meer letters. Hij zal te laat ingekocht hebben. Op 3 december zijn er al letters schaars en op 5 december is er geen S, L of E meer te krijgen.

Maar er klopt helemaal niets van. Er zit geen lijn in die letters. Trouwens, er is er een te veel.

Wat nu?

Er wordt met de letters gescrabbeld, we leggen woorden. Flauwe woorden. Vreemde woorden. Vieze woorden. Wat is de bedoeling? Mijn broer zwijgt als het graf.

Ineens zie ik het.

Ik graai alle letters bij elkaar. En leg een naam.

De naam van mijn moeder.

Koffiemolen

Roland van der Vorst

We kunnen onze band met de koffiemolen moeilijk begrijpen zonder stil te staan bij onze relatie tot koffie. De populariteit van koffie hebben we (zoals zoveel in dit land) te danken aan de zee. Het zwarte goud werd in de zeventiende eeuw met scheepsladingen ons land ingevoerd.

Het was de vermaarde handelsgeest die ervoor zorgde dat er hier al vroeg koffie werd binnengebracht en verwerkt. Maar de zee bood niet alleen kansen, hij vormde ook een bedreiging. En die dreiging creëerde een lotsverbondenheid en het besef dat men het met elkaar moest zien te redden.

Met zijn donderende aanwezigheid in onze nek moest het achter de dijken vooral gezellig zijn. En wat past daar beter bij dan een warm bakje koffie? Koffie symboliseert zo onze gespleten verhouding tot de zee, als symbool van avontuur én gemoedelijkheid.

Wat de koffiemolen vervolgens zo Nederlands doet klinken is niet alleen de koffie, maar ook het tweede gedeelte van het woord: molen. Ons land is gebouwd op het malen van molens. Zoals de windmolen werd gebruikt om land in te polderen – en als zodanig aan het begin stond van een gemeenschap – zo moet ook het malen van de koffiemolen in menig gezin een aankondiging zijn geweest om bij elkaar te kruipen.

FABRIK MARKE
K B M

Daar komt bij dat de koffiemolen ook een type product is waarvan we houden: een inventief en handig dagelijks instrument, dat best een beetje mooi mag zijn. De Bugaboo avant la lettre.

Veel koffiemolens waren niet alleen handig. Het oog wilde ook wat. Maar ondanks hun soms wat uitbundige esthetiek (een weerspiegeling van de tijdgeest) hebben ze iets wat we ook in Hema-producten waarderen: de schoonheid gaat niet ten koste van de functionaliteit.

Dit in tegenstelling tot bijvoorbeeld de Italianen, die de soepele werking van een product maar al te graag opofferen aan een fraai uiterlijk. Denk aan de schitterende achthoekige percolator van de Italiaanse ontwerper Alfonso Bialetti, waar je zo gemakkelijk je vingers aan kunt branden. Zijn Moka Express vinden we mooi als decoratie, maar populair is het apparaat in Nederlandse huishoudens nooit geweest. Te omslachtig.

Inmiddels is ook de koffiemolen verbannen naar de vensterbank, waar hij dienstdoet als nostalgisch instrument. Toch heeft hij alles in zich om weer populair te worden, want koffie is met een onstuitbare opmars bezig. Overal schieten de koffietentjes als paddenstoelen uit de grond. Vooral in de ambachtelijke kant van koffiezetten hebben we opnieuw interesse gekregen. Mensen willen dat zelf doen, de koffiebonen kunnen ruiken, kiezen welke bonen ze willen gebruiken, zelf melanges samenstellen.

Voor al die doe-het-zelvende koffieliefhebbers zou een echte koffiemolen een mooi nieuw item zijn om mee te pronken.

Toch zal het economische succes van zo'n nieuwe koffiemolen niet van Nederlanders komen, want de meeste Nederlandse bedrijven moeten niets hebben van romantiek. Ze zijn groot geworden zoals Batavus Droogstoppel uit *Max Havelaar* zijn koffiehandel dreef: op waarheid en gezond verstand. Alleen: in hun hang naar *efficiency* gaan ze volledig voorbij aan het feit dat mensen bereid zijn veel geld te betalen voor alles wat vers of bijzonder aanvoelt.

Voor bedrijven als Philips (apparaten) en Douwe Egberts (snelfiltermaling) moest koffiezetten vooral gemakkelijk zijn. En dus bedachten ze samen de Senseo.

Gemakkelijk, zeker. Maar ook een ontkenning van alles wat veel mensen tegenwoordig in koffie waarderen. Bij een pak snelfiltermaling kon je de gemalen koffiebonen in ieder geval nog ruiken en aanraken. Maar de Senseo-pad is een soort inlegkruisje waar de koffie in verpakt zit.

Dan heeft Nespresso het beter begrepen: de koffie wordt gepresenteerd als een glanzende bonbon. Een cadeautje, dat je zo snel mogelijk wilt openmaken. Dit product uit het land van de glimmende horlogekasten heeft de laffe zakjes inmiddels dan ook naar de achtergrond gedreven.

De efficiënte houding van Nederlandse bedrijven als Douwe Egberts leidde destijds tot de snelfiltermaling en daarmee tot het verdwijnen van de koffiemolen. We hoeven dan ook niet te verwachten dat zij hem nieuw leven zullen inblazen.

Zoals zoveel Nederlandse ondernemingen geloven zij stilletjes in wat Max Weber 'de onttovering van de wereld' noemde: het idee dat de techniek leidt tot rationalisering en dat we door het voortschrijden van de moderne techniek afscheid hebben genomen van een romantisch en magisch wereldbeeld.

Koffie symboliseert onze gespleten verhouding tot de zee, als symbool van avontuur én gemoedelijkheid.

Ze bezien de koffiemolen met functionele ogen: een onhandig, archaïsch instrument. Voor een *comeback* ervan moet je het niet-rationele kunnen waarderen: een onmisbaar werktuig voor de zelfbewuste amateur-koffiekenner, die zich een ware *barista* waant. Iemand die het leuk vindt om met zijn handen in de koffie te wroeten en die wil betalen voor ongemak.

De techniek mag dan de wereld hebben onttoverd, dat neemt niet weg dat mensen betoverd willen worden door de techniek. Ze heeft ook een romantische functie. Technologie fungeert als rekwisiet in een zelf geregisseerd verhaal.

De koffiemolen nieuwe stijl is minder handig dan een koffiepad, maar hij creëert de illusie dat de koffie nog lekkerder smaakt, dat je iemand kunt zijn die je nog niet was.

Veel oude koffiemolens zijn van Duitse oorsprong, dicht bij de Nederlandse volksaard. De nieuwe komt uit Italië.

Boterham

Japke-d. Bouma

Natuurlijk is de boterham typisch Nederlands.

Kom op, zeg.

Waar anders dan in Nederland nemen mensen hun platgedrukte bammetjes mee in folie, broodtrommels of zakjes met zo'n sluitclip. In de file, in de trein, in het pretpark, of erger nog, op het werk: overal zie je Nederlanders zelfgesmeerde boterhammen uitpakken en opeten.

De boterham is zo Nederlands als het regenpak, de vouwfiets en korte vrouwenkapsels. De boterham is Nederlands in vele opzichten. Hij is eenvoudig doch voedzaam. En hij is heel erg 'doe maar gewoon, dan doe je al gek genoeg' – voor mijn geestesoog zie ik Calvijn, vadertje Cats, Willem Drees en Wim Kok thans goedkeurend knikken.

Je kan er ook op smeren wat je wilt. Van die zure jonge kaas, bij voorkeur. Plakt niet, niet te veel smaak. Ideaal voor de Nederlander, die eigenwijs is, een individualist en zelf zijn (saaie) koers bepaalt. Verder ben je 'met een boterham mee' niet afhankelijk van anderen, kom je niet voor verrassingen te staan, ben je anderen niet tot last, maar sterker nog: een stap vóór, en spreekt er als geen ander voedsel de Nederlandse houding ten opzichte van eten uit: functioneel, geen fratsen, lekker snel klaar en weer door.

Genieten is niet nodig, mensen, het is maar eten.

Maar bovenal is de boterham natuurlijk lekker goedkoop! O, wat zijn Nederlanders blij met boterhammen. Weet je wel hoe duur het is als je elke dag je lunch moet kopen, zeggen collega's overal in Nederland tegen elkaar: 'Ik hou het geld liever in mijn zak.'

Met een boterham mee hoef je bovendien ook voor niemand anders de lunch te betalen, zonder dat je gierig overkomt.

Boterhammen kan je ook zo lekker achter je scherm oppeuzelen – nergens ter wereld zitten er zoveel broodkruimels en gefossiliseerde stukjes kaas in de toetsenborden – ideaal. Dan kan je een uur eerder naar huis om op zolder met je modelspoorbaan te spelen.

En toch is de boterham er niet altijd geweest. Er waren tijden dat niemand een boterham meenam naar zijn werk. Had je in de Renaissance boterhammen? Of in de Verlichting? Nee. Toen veroverden we de wereld op aardappelen en jenever. Dacht je dat de mannen van de VOC boterhammen mee hadden op hun tocht naar de oost? Ik dacht het dus niet, mensen. Die hadden niks mee, hoogstens wat droog vlees en bier, en ze kwamen creperend van de scheurbuik in Macao aan.

Genieten is niet nodig mensen, het is maar eten.

Ik denk dus juist doordát ze geen boterhammen bij zich hadden.

Want zonder boterhammen ga je vérder. Zonder boterhammen moet je op zoek en wie weet waar je terechtkomt, waar je slaapt en wat je zult eten. Zonder boterhammen ga je door tot je ergens bent – áls je ooit nog terugkomt. Dacht je dat helden terugkwamen om een boterham te halen?

Ja, Jan. Díe kwam thuis om een boterham te halen.

Met zijn kokosbrood.

Ik durf te beweren dat sinds we de boterham hebben, ons land langzaam ten onder gaat. De boterham heeft van ons land een bang land gemaakt. Alle fut is eruit, weg is alle innovatie.

Bange wezels zijn we geworden, met onze boterhammen in de tas. We hoeven nergens meer naartoe, alleen nog maar naar huis om nieuwe boterhammen te smeren. Onze minister-president neemt zijn eigen brood mee naar het Torentje, godbetert.

Sinds we de boterham hebben, blijven we nergens meer hangen. Sinds de boterham hebben we zekerheid en nooit meer een verrassing. Sinds de boterham weet iedereen wat er van hem verwacht wordt en hebben we niks meer te vrezen. Sinds de boterham hebben we nooit meer trek, en zonder trek blijft iedereen zitten waar hij zit.

De boterham heeft labbekakken van ons gemaakt.

Klomp

Cécile Narinx

Een kniesoor zou gemakkelijk kunnen zeggen dat de klomp zo Nederlands is als de tulp. Volstrekt niet dus, en daar zou de kniesoor dan gelijk in hebben. De mopperkont zou daarnaast toch moeiteloos moeten kunnen uitleggen waarom de klomp in Nederland zó goed is aangeslagen dat het een nationaal symbool is geworden. Omdat onbuigzaam houten schoeisel als een tweede huid past om de stijve poten van de vele chagrijnen en knorrepotten die ons land telt.

Basaler dan de klomp krijg je ze niet, je schoenen. Zelfs de Croc, de foeilelijke rubberen erfprins van de oerklomp, steekt met zijn pasteltinten en luchtgaten frivool af naast het houten archetype.

Een simpele ziel is het, de klomp. Lomp ook. Een uitgehold houten blok aan je been, enigszins in voetvorm uitgeslepen, maar zo weinig orthopedisch gevormd dat je je tenen moet krommen om ze niet te verliezen tijdens het lopen. Behalve beschermen tegen koeienstront, het scherp van de ploeg en nattigheid doet de klomp niks voor je. Hij geeft amper steun, verbetert je silhouet niet en geselt de wreef.

Als de Française een verleidelijke pump van Christian Louboutin is, de Italiaan een soepele loafer van Gucci en de Duitser een legerlaars, dan is de Hollander (m/v) een klomp.

Een klomp hoort in de drassige klei, twee voeten stevig op de grond, niks geen tralala of hupsakee. Praktisch, o zo praktisch, bestand tegen weer en wind. Zuinig ook, want verzolen en poetsen hoeft niet. Koppig en stug, onvergeeflijk als een ouderling. En luid, wanneer je er de zompige drek mee verlaat en de kasseien betreedt.

Flashback: als klein Limburgs meisje was ik dol op klompen. Met carnaval werd ik door mijn ouders graag uitgedost als Mooswiefke, met een wit mutsje op, gehuld in een afgedankte pelerine en boerinnenrok van een oudtante uit het gehucht Eckelrade. Mijn eerste communie deed ik op Zweedse klompjes met kanten sokjes. Hoogmodisch in 1978, maar niet aan te bevelen als je plechtig een kerk met galmende hardstenen tegels binnen wil schrijden.

De klomp verdraagt geen ceremonieel, zo simpel is het. Hij is er niet voor zon- en feestdagen, niet voor kaars- en spotlicht, niet voor rode lopers en erehagen.

Althans, zo was het, tot 2007, toen de Brabantse ontwerpers Viktor & Rolf de modellen voor hun najaarsshow op klompen de Parijse catwalk op stuurden. Boerenklompen met sexy hoge hakken, glimmend goudgeel en gitzwart gelakt, en nadien handbeschilderd met folkloremotieven.

Zelfs de Croc, de foeilelijke rubberen erfprins van de oerklomp, steekt met zijn pasteltinten en luchtgaten frivool af naast het houten archetype.

Elegant en wuft waren ze zeker, en lekker liepen ze ook nog, dankzij het binnenzooltje van siliconen dat erin gegoten was. Een commercieel succes werden ze niet, simpelweg omdat ze nooit in productie werden genomen. Het waren unieke showstukken, die naderhand enkel nog opdoken in tentoonstellingen en modeboeken.

Nou ja.

De klomp heeft z'n *fifteen minutes of fashion fame* gehad. Wat ons rest is de no-nonsensklomp, die zijn levensdagen slijt aan eeltige voeten, tot-ie breekt van miserie of stomme verbazing.
Als hij zijn baasje overleeft, wacht er mogelijk een tweede carrière als tolgeldbeurs aan een brugwachtershengel of aan de muur, als bloempot. Zoals het een rechtgeaarde Hollandse bejaarde betaamt: achter de geraniums.

Fiets

Franca Treur

Vorig jaar reisde ik naar een klein Amerikaans stadje, waar ik met een aantal internationale schrijvers twaalf weken zou blijven. Ik zag meteen dat het er relatief vlak was, en binnen een halfuur had ik daar een fiets geregeld.

Terwijl iedereen voor zijn boodschappen afhankelijk was van drie chauffeurs, die op woensdag om twee uur met grote *vans* naar de supermarkt reden, kon ik, wanneer ik maar wilde, zelf op pad voor een zakje verse sla.

Leen mijn fiets wanneer je maar wil, schreef ik op de *wall* van onze gezamenlijke Facebookgroep. En dat ik een meer had ontdekt waar je lekker kon zwemmen, maar een kwartiertje fietsen.

Alleen de dichter uit Vilnius zag het meertje. Verder heeft niemand ooit mijn fiets geleend. Een paar schrijvers vertrouwden me toe dat ze benauwd waren om te vallen.

Fietsen en Nederlanders.

Hij is uitgevonden door een Duitser en verbeterd door een Fransman, maar op een of andere manier voelt de fiets als iets van ons. Nergens ter wereld wordt immers zoveel gefietst als hier, en wie toeristen op hun MacBikes ziet ploeteren, voelt zich ongelooflijk superieur.

Toch is Nederland niet langer het fietsvriendelijkste land ter wereld, volgens de Europese fietsbond. We zijn ingehaald door de Denen, en moeten het nu doen met een tweede plaats. De Europese fietsbond baseert zich op vijf criteria, waaronder veiligheid, fietstoerisme en het percentage van de bevolking dat overwegend de fiets neemt. Cijfers en percentages. Feiten dus. Al is het mij niet helemaal duidelijk wie precies bepaalt hoe zwaar een bepaald criterium weegt.

De vraag is of het erg is dat we niet meer op nummer een staan. En zo ja, laten we de Denen er dan zomaar met 'onze' fiets vandoor gaan, of moeten we daar als de bliksem achteraan?

Misschien loont het om eens te kijken naar wat ons fietsimago ons in het verleden heeft opgeleverd.

Toen de fiets in de jaren twintig van de twintigste eeuw zo goedkoop kon worden gemaakt dat ook arbeiders er een konden aanschaffen, werd hij in Nederland ontzettend populair. De fiets was niet alleen goedkoop, hij was ook superefficiënt voor een land dat vlak was en al behoorlijk wat verharde wegen had.

De fiets werd het vervoermiddel van iedereen.

De fiets werd zo gewoon, dat het bijna een schandaal veroorzaakte dat koningin Wilhelmina er op zeker moment op werd gesignaleerd. In 1897 had zij in Wenen al een rijwiel gezien, en zij was daarin erg geïnteresseerd geraakt. Ze dacht dat het haar meer vrijheid zou verschaffen, maar de regering verbood haar het 'fietsrijden' in die tijd, 'met het oog op de toekomst'.

Men vreesde voor het voortbestaan van het koningshuis.

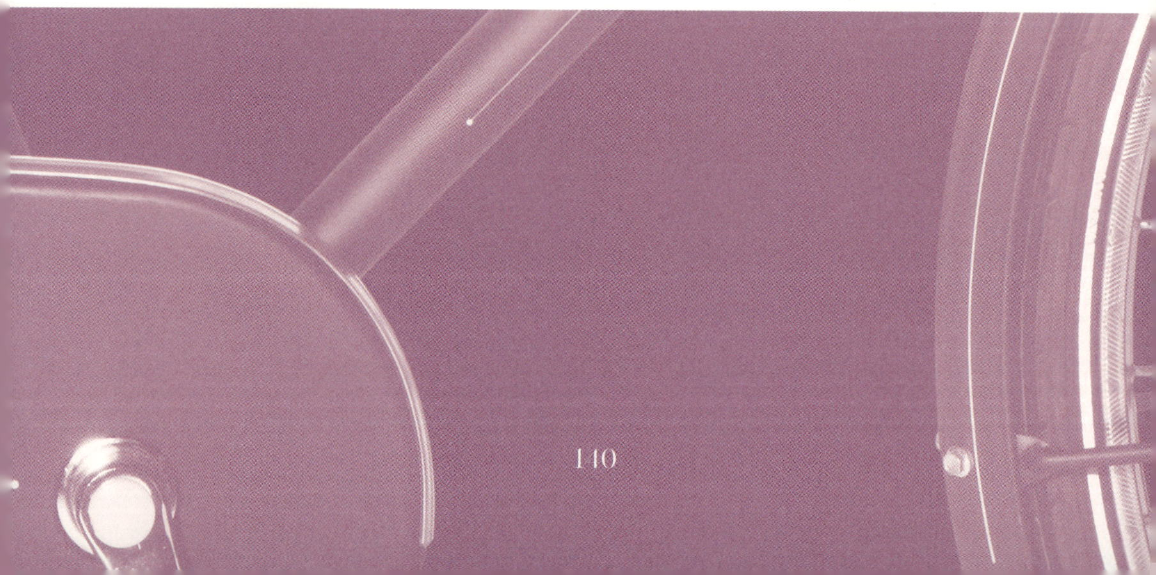

Toen decennia later het gerucht ging dat de koningin op een fiets was gezien, postte een fotograaf zeven weken in de kou bij Huis Ten Bosch om de beroemde foto te maken van de majesteit op de fiets. Die foto ging in 1935 de hele wereld over, en vestigde de reputatie van Nederland als fietsland. En dat had gevolgen.

Dat zelfs de koningin van zo'n gewoon, typisch Hollands vervoermiddel gebruikmaakte, zei iets over onze nuchterheid en zakelijkheid. Met Nederlanders kon je zakendoen, ze verspilden geen geld aan flauwekul. Een foto van Juliana en Bernhard op een tandem, een of twee jaar later, bevestigde dat nog eens.

Hoe ging het daarna met de fiets? In de jaren vijftig werd hij tijdelijk veel minder populair. Na de wederopbouw werden Nederlanders steeds welvarender en ze gingen massaal aan de auto. Dat leverde veel problemen op in de grote steden, die niet gebouwd waren op zoveel auto's, en het aantal verkeersslachtoffers schoot omhoog. Vooral veel kinderen werden aangereden en er kwam een actiegroep, 'Stop de kindermoord'.

Mensen gingen de straat op om autovrije wegen te eisen en veilige fietspaden. Die kwamen er, want toevallig was er ook net een grote oliecrisis. In Tilburg en Den Haag werden fietspaden aangelegd, en toen die goed bevielen, kwamen ze ook elders in het land. Er ligt in Nederland nu 36.000 kilometer fietspad.

Het bleef niet bij fietspaden alleen. Bij het nadenken over de inrichting van de openbare ruimte maken beleidsmakers nadrukkelijk plaats voor de fietser.

Er kwam meer onderzoek naar de fiets. Fietsen blijkt niet alleen goedkoop, groen, gezond en efficiënt (onder de vijf kilometer ben je in een stad sneller op de fiets

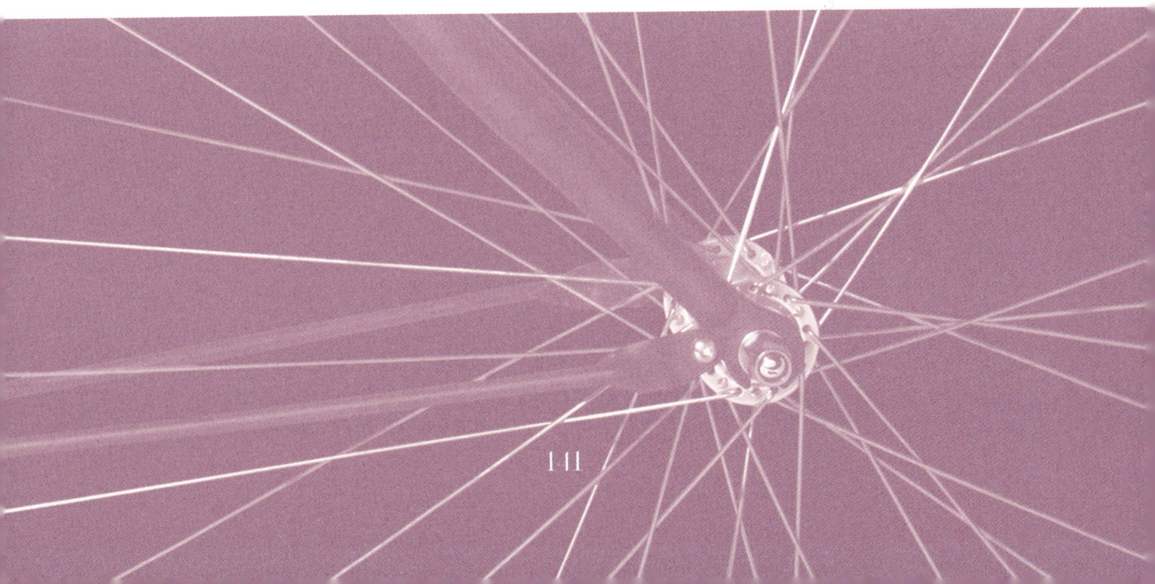

dan met de auto), fietsers zorgen ook voor sociale cohesie in de drukke, verstedelijkte gebieden. Anders dan automobilisten maken fietsers onderling oogcontact, ze flirten, ze reageren op elkaar. Bovendien is er in de drukke binnensteden plaats voor veel meer mensen wanneer ze op een fiets zitten in plaats van in een auto.

Fietsen worden nog steeds verbeterd. De vraag naar elektrische fietsen groeit, niet alleen bij ouderen, ook bij scholieren en mensen die langere afstanden per fiets willen afleggen. Worden de afstanden te lang, dan wordt de combinatie met het openbaar vervoer steeds meer gefaciliteerd. Er kan dicht bij een treinstation worden geparkeerd en sinds 2003 is er de mogelijkheid het laatste gedeelte van een reis af te leggen met een goedkoop en snel te huren OV-fiets.

De OV-fiets is een typisch voorbeeld van een uniek Nederlands succes. Elk jaar komen er meer stations bij die de OV-fiets aanbieden en het aantal ritten is gestegen van 100.000 in 2004 naar 1,6 miljoen in 2014. Wordt dat in het buitenland dan niet gezien? Jawel, maar men wordt er niet erg blij van. In 2012 beoordeelde de ADAC, de Duitse ANWB, in achttien landen de fietsverhuur. De OV-fiets kreeg als enige de allerlaagste score: zeer onvoldoende. De informatie over de OV-fiets bestaat, zo klaagde de ADAC, alleen in het Nederlands en je hebt een Nederlandse bankrekening nodig om er een te kunnen lenen.

OV-fiets legde het commentaar destijds naast zich neer: zij zijn er niet voor buitenlanders. Dat is natuurlijk prima, maar ik denk dat ons fietsimago er eigenlijk wel toe doet.

De knowhow die Nederland in huis heeft, zouden we in het buitenland te gelde kunnen maken. Overal ter wereld heeft men te maken met verstedelijking, te veel auto's en te veel uitlaatgassen, en is er grote belangstelling voor een fietsenplan. Maar op Londen na, waar men graag Nederlandse fietsrotondes wil, staan nu in alle grote steden niet Nederlandse, maar Déense adviseurs uit te leggen hoe je in een stad meer fietsers krijgt. Denemarken is tegenwoordig het land waarnaar gekeken wordt. Wij hebben dan wel de unieke OV-fiets, maar er fietsen meer toeristen in Kopenhagen dan in Amsterdam. Willen wij als fietsexperts meer opdrachten binnenhalen, zullen we toch iets voor de buitenlandse ogen moeten doen.

Anders dan automobilisten maken fietsers onderling oogcontact, ze flirten, ze reageren op elkaar.

Ooit wisten we heel goed hoe het moest, en stuurden we de perfecte foto de wereld over. Hoe belangrijk beeldvorming is, beseffen de Denen inmiddels veel beter dan wij. Wie de Deense kroonprins Frederik en zijn vrouw Mary googelt, vindt talloze fietsfoto's. Het Deense koppel fietst bij staatsbezoeken, test fietsen in Sydney, opent een fietsverhuurbedrijf in Mexico-City en wordt in eigen land voortdurend op de fiets gesignaleerd.

Ons eigen koningspaar heeft even op een oranje fiets gezeten bij de Olympische Spelen in Sotsji. Het zag er heel ongemakkelijk en onwennig uit. Een oude foto van Willem-Alexander op een bakfiets met twee prinsesjes erin was duidelijk in scène gezet, terwijl de Deense kroonprins, en vooral de prinses, er dagelijks mee op pad lijken te gaan. Op elke foto hebben ze andere kleren aan.

De Denen hebben met succes onze oude fototruc gejat. Dat prins Frederik deze zomer meedeed aan de Vätternrundan, een fietstocht van 300 kilometer rond het Vätternmeer in Zweden, stond bij ons zelfs in de krant. En hadden de Denen misschien ook een vinger in de pap bij het samenstellen van de criteria van de Europese fietsbond?

Hoe dan ook, we kunnen hier alleen maar van leren. Er is veel meer publiciteit mogelijk en wenselijk rondom de fiets. Voor onszelf is daarin voorzien. Boudewijn de Groot zong het ('Hoe sterk is de eenzame fietser') en Jan-Peter Balkenende bevestigde het ('Nederland is tegen de wind in fietsen'). Maar een Engelstalig fietslied of een tegen-de-wind-in-fiets-metafoor uit de mond van Jeroen Dijsselbloem of Frans Timmermans zou weleens het verschil kunnen maken.

In 2020 zouden we groots kunnen vieren dat we honderd jaar een fietsland zijn. Dan nodigen we alle burgemeesters van de grote wereldsteden uit en die gaan dan op een MacBike door Amsterdam. En natuurlijk moeten ook Willem-Alexander en Máxima aan de bak.

Ook zou er eens nagedacht kunnen worden over een centraal Nederlands fietsbeleids- en/of onderzoekscentrum. Met een duidelijk vindbaar nummer op een Engelstalige website. En iemand die de telefoon opneemt.

Fiets-paddenstoel

Frank Westerman

Afwezig water, op plekken waar dit volgens de wetten van de hydraulica wel zou moeten zijn, is het meest volkseigene van Hollanders dat ik kan bedenken. Land-onder-de-zeespiegel (een derde deel van de natie) is in ieder geval eigener dan tulpen (een plant uit Turkije) of aardappelen (afkomstig uit de Andes).

Behalve droogstoppels zijn we droogzwemmers.

Taxiënd over de asfaltvlaktes van Schiphol beeld ik me vaak in dat het vliegtuig waarin ik zit zich tot aan zijn vleugels door het water beweegt. De ovale raampjes veranderen dan vanzelf mee in patrijspoorten. Dit is geen schrikbeeld van een crash of noodlanding op zee, ik stel me simpelweg de watermassa voor die hier tot anderhalve eeuw geleden op de bodem van de Haarlemmermeer stond. Daar waar nu de Polderbaan ligt uitgerold.

Belachelijk mooi.

De vakanties van mijn jeugd bracht ik net als velen door op het Noordzeestrand. Zomer aan zomer ben ik met emmertjes en schepnetjes in de weer geweest. Bij laagwater bouwde ik zandkastelen. Doorscheppen tot aan de vloed, almaar verwoeder, hoe kansloos je ook bent tegen het op-

Oostzaan 2,5
Zaanstad 6.1
Blauwe Poort 2,2
Infocentrum 2,6
Boerderij 1,-
Den Ilp 2,-
25203/001
POLOMNIS B.V. 06-'04

komend tij. Dat wat je handen hebben gewrocht golf voor golf te zien afkalven tot er niets meer van over is – bestaat er een indringender levensles?

Vergeet Hans Brinker met zijn vinger in de dijk (dat is import-folklore uit Amerika) en vervang hem door het zandkasteel bouwende kind op het strand: hij belichaamt wat ons bezighoudt, wie we zijn. Ons lot: we werpen dijken, dorpen en bruggen op die gedoemd zijn om vroeg of laat weer weg te spoelen. Gebeurt dit met de strandbouwsels binnen de twaalfuurscyclus van eb en vloed, op landelijke schaal gebeurt het eens in de honderd of paar honderd jaar.

Vergeet ook Madurodam. Hét schaalmodel van Nederland (in ruimte en tijd) is het zandkasteel op de vloedlijn.

In dit 'land der blonde duinen / en niet heel ver van de zee' (of: in deze 'roofstaat aan de Noordzee' – Multatuli) hebben we al het veenmoeras ontwaterd, alle heidegrond ontgonnen, alle kreken gekanaliseerd. Struikgewas en kreupelhout zijn gerooid, wat bos heet, is aangeplant. Alles wat er te verkavelen viel, is verkaveld. In de tweede helft van de twintigste eeuw ging alles nogmaals op de schop bij de ruilverkaveling, en toen was Nederland af – niet voor de eeuwigheid, maar tot de volgende stormvloed.

Plaggenhutten zijn vervangen door stolpjes van steen, met bielzentuinen en garages, toch broeit er onbehagen onder de bewoners. Zij hunkeren naar: heide, moeras, kreek en bos.

We kunnen niet zonder ongereptheid. En daarom trekken we eropuit, telkens opnieuw, langs rietkragen en laatste reepjes woeste grond – of wat daarvoor doorgaat. Liefst rijwielend. En dus hebben we, nadat alle drainagesloten gegraven en alle kabels van de hoogspanning getrokken waren, een wirwar aan smalle paadjes aangelegd die als enige mogen (nee: móeten) kronkelen.

We willen dolen maar niet verdwalen. Toeren, maar op gezette tijden ook uitspannen – met koffie en appelgebak.

Het zijn er veel en ze zijn bij voorkeur verhard met schelpengruis, wat zalig knerpt onder het rubber van voortrollende banden. Deze vermicelli aan fietsroutes zijn de haarvaten van de verkaveling; ze brengen je tot in de verste en onvermoede binnenplaatsen van het landelijke zandkasteel dat 'tussen Oostfriesland en de Schelde' is verrezen.

We willen dolen maar niet verdwalen. Toeren, maar op gezette tijden ook uitspannen – met koffie en appelgebak. Vandaar: de fietspaddenstoel.

Overal waar twee schelpenpaadjes elkaar kruisen, schieten ze op uit de humus. De moderne zijn van polyester, uitgevoerd in rood-en-wit. Ze nopen tot vertragen, afstappen en het uit de fietstas halen van wind- of regenjack.

2,4 *Veerhaven*
3,1 *Vuurtoren*

De ANWB-paddenstoel is meer dan een wegwijzer, hij is ook een trefpunt. Het kniehoge ding is als de vroegere dorpspomp, waar nieuwtjes uit de omgeving zich verstrengelen voor ze weer, aangedikt en wel, uiteenwaaieren in de richting van vuurtoren of veerhaven.

Er kleeft iets eigenaardigs aan dit object. Om te beginnen de vormgeving – als een Anton Pieck-achtig landschapselement. De gestalte van de fietspaddenstoel, *vintage Dutch design* van bijna honderd jaar oud, knipoogt naar een sprookjesbos dat wordt bevolkt door een kabouterstam.

Zoals ze daar zitten, gehurkt in de berm van het fietspad! (Staan kun je het niet noemen.)

Zou iemand de fietspaddenstoel naar IJsland verpotten, tien tegen een dat de trollen in opperste nieuwsgierigheid vanachter hun rotsen vandaan komen. Het is niet ondenkbaar dat ze 's nachts tot leven komen; de fietspaddenstoel is nu eenmaal de hobbit onder de routeborden, volgroeid en toch slechts één turfje hoog.

En ook: op een onuitstaanbare manier best aardig, zoals hobbits best aardig zijn (en tamelijk onuitstaanbaar).

Voor wie het zien wil: de ANWB-paddenstoel weerspiegelt een fragment van de ziel van de voorbijganger. Het zijn verankerde droogboeien op de voormalige zeebodem; de evenknie van de tonvormige boeien die op zee een vaargeul markeren. Ze helpen ons navigeren, koers houden op het droge – ook op plekken waar van nature een waterlaag van een meter of drie hoort te staan.

Vormen de slingerende schelpenpaadjes een fijnmazig net van onnatuur, de fietspaddenstoelen zijn de knoopjes die de boel bij elkaar houden. En het woord

Oostz
Zaans
Infoce
Boerd
Den Il
203/001

'onnatuur' staat (oorspronkelijk dan toch) gelijk aan 'cultuur'. Zo hebben we het geregeld, we noemen het civilisatie en we varen er wel bij.

Een ding echter blijft wringen. Bij het in cultuur brengen van onze moerasdelta zijn we de kunst van het verdwalen kwijtgeraakt. Hoe vlak het land ook is, desoriëntatie is je nergens gegund. Padvinderij is in Nederland een weinig avontuurlijke bezigheid: loop een willekeurig weiland in en je belandt aan de andere kant op een ruilverkavelingsweg.

Om tegemoet te komen aan de hang naar negorij en nieuwe wildernis zijn we de afgelopen kwart eeuw moedwillig de ene na de andere dijk aan het slechten. Er zijn tal van polders verdronken, cultuurland wordt 'teruggegeven aan de natuur', stukjes van het nationale zandkasteel laten we gecontroleerd instorten – het is de hoogste tijd voor een nieuw Hans Brinker-verhaal waarin onze held met een kaasboor een dijk doorpriemt.

Het streven is verruiging. De natuur die we hebben, moet minder aangeharkt, minder parkachtig – naar onze eenentwintigste-eeuwse smaak. Meer toegesneden op de bonnefooi. Maar waarom dan niet eenvoudiger beginnen – met het weghalen van de fietspaddenstoelen? Zijn die eenmaal gerooid, dan valt er beter te verdwalen.

Als kind deed ik graag mee aan nachtelijke droppings op de hei, maar ik herinner me vooral ook de teleurstelling wanneer je al na tien minuten struinen op een ANWB-paddenstoel stuitte.

Toch zullen ze niet eerder verdwijnen dan bij de eerstvolgende watersnoodramp. Waarom? Omdat wij droogzwemmers diep vanbinnen meer houden van cultuur dan van natuur.

Omdat we verknocht zijn aan on-zee, met paddenstoelen.

Spaarzegel

Mira Feticu

Wat is het dat de twee volken waartoe ik behoor, uit elkaar houdt? Spaarzegels.

Spelen spaarzegels dan een zodanig grote rol in de geschiedenis? Jazeker. Niet voor niets geldt de twintigste eeuw als de eeuw van de spaarzegels. Hier in Nederland tenminste.

In 1904 begint het. Koekjesfabrikant Verkade komt met plaatjes voor een sprookjesalbum. De actie wordt een enorm succes. Zes jaar later doet Douwe Egberts hetzelfde. En daarmee is het hek van de dam. Al snel weten allerlei merken hun klanten met zegeltjes en punten te binden en loopt het sparen voor 'gratis' cadeaus uit de hand, vooral na de Tweede Wereldoorlog.

Het wordt zo erg dat in 1955 een speciale wet tot stand komt die het fenomeen in goede banen moet leiden: de Wet Beperking Cadeaustelsel. Voor een Oost-Europeaan lijkt die wet rechtstreeks uit een boek van Roald Dahl te komen, bedacht door een Willy Wonka met volwassenen als doelgroep. De nieuwe wet legt diverse beperkingen op: voortaan mogen er geen branchevreemde cadeaus meer worden gegeven. En mensen die geen prijs stellen op theepotten, borden, handdoeken, kookboeken of broodroosters bij Remia-mayonaise, Shell-benzine of Royco-soep, moeten de helft van de waarde in geld kunnen krijgen.

Je zou kunnen zeggen dat het jaar 1955 (het jaar van de Wet Beperking Ca-

BS
BS
BS
BS

deaustelsel) het jaar is van het Grote Schisma, niet tussen de Latijnse en de Byzantijnse kerk, maar tussen de economische systemen van West- en Oost-Europa.

Voor Roemenië betekent dat jaar de complete sovjetisering en de verwording tot een satelliet van de USSR. Het individu moet alles wat hij bezit aan de staat geven, alles wordt collectief. En wie dat niet vrijwillig doet, moet de represailles van de nieuwe religie ondergaan.

Politieke gebondenheid of consumentenbinding. Twee Europese landen, slechts 1500 kilometer van elkaar vandaan.

In Nederland worden na de jaren vijftig de spaarsystemen van de supermarkten en van de daar verkochte merken geperfectioneerd. Gezinnen sparen, van generatie op generatie, voor allerlei – vooral huishoudelijke – producten. In 1977 komt er een nieuwe, moderne versie van de 'spaarzegelwet'. Maar langzamerhand doet het digitale tijdperk zijn intrede en de papieren spaarzegeltjes, waardepunten, Rockstientjes en hoe ze ook allemaal mogen heten, worden een voor een vervangen door digitale pasjes en klantenkaarten. En dan doet ook hier in 1994 het digitale superspaarsysteem zijn intrede: de AirMiles.

'Spaart u AirMailes?' In mijn eerste jaren in Nederland klonk deze, steeds herhaalde vraag voor mij als een zen-raadsel: we weten hoe twee handen klappen, maar hoe klapt één hand? Ik antwoordde nooit met ja of nee, ik keek nors en mompelde wat.

De Wet Beperking Cadeaustelsel is inmiddels irrelevant en afgeschaft en grootmoeders doosje met Van Nelle-punten en Blue Band-zegeltjes wordt snel vervangen door een portemonnee die uitpuilt van de pasjes. Zelfs bij Shell, dat het zegeltjes-sparen tot iets bijna tijdloos had verheven, kun je sinds 2014 niet meer met je volgeplakte kaarten terecht.

Sparen we er minder om? Nee. 86 procent van de Nederlandse bevolking spaart. Niet vreemd voor een volk dat bekendstaat om zijn neus voor handel, voor verstandig met geld omgaan. De zegeltjes van weleer en de puntensaldi van nu geven mensen het gevoel dat ze dingen gratis krijgen. Boze tongen noemen dat gierigheid. Maar gierigheid of niet, het spaarsysteem is actueler dan ooit, het heeft een online-dimensie gekregen. Sparen is definitief niet meer weg te denken uit onze samenleving, die ook almaar onliner wordt.

Sparen is hier een nationale sport. Niet voor niets kent Nederland het enige spaarpottenmuseum ter wereld. De helft van de bevolking spaart punten bij een benzinemerk. Nederland pronkt niet met geld, nee, Nederland spaart zegeltjes, punten, AirMiles. Voor 'gratis' boodschappen of een glazenset, voor de Efteling, het Dolfinarium, de dierentuin... Oude spaarzegels kun je ruilen op Marktplaats: Pampers voor een duur wasmiddel. Het is handel en de filosofie erachter heet 'goedkoop kopen', wat in Nederland een deugd is.

En wie zijn het beste in deze handel? Vrouwen doorgaans.

Mensen die zich erin hebben verdiept, menen dat het enthousiasme van de Nederlandse (huis)vrouw voor het puntensparen voortkomt uit het gevoel dat ze daarmee iets bijdraagt aan haar gezin. Niets mis mee natuurlijk, dat is beter dan kameraad van je man te moeten worden en hem – zoals is gebeurd – te verklikken aan de geheime dienst Securitate. Dan liever puntjes sparen! En toch.

Mijn dna, dat in Roemenië honger heeft gekend, beschouwt sparen als een luxe. Het gaat weliswaar om goedkoop kopen, maar intussen wel degelijk om kopen. En kopen is een luxe! Mijn dna herinnert zich mijn jeugd. In mijn kindertijd kon je in Roemenië niets kopen. Voor brood had je een bon nodig, voor gas een bon, voor olie en suiker een bon. Dat waren onze communistische spaarzegels. Was je de bon kwijt, dan had je geen brood, geen olie, geen leven. Ooit ben ik zo'n bon voor een gasfles kwijtgeraakt. Dat betekende twee, drie maanden geen gas voor het fornuis. Uit angst wachtte ik boven in een boom op de straf die komen zou. Ik was van plan om er de hele nacht door te brengen, in de hoop dat die de vaderlijke woede zou verzachten.

Mijn dna, dat in Roemenië honger heeft gekend, beschouwt sparen als een luxe.

Onze communistische bonnen leken qua formaat op de kapitalistische zegels, alleen waren ze gemaakt van hard karton. Geen spaarbonnen, maar overlevingsbonnen, niet-door-honger-doodgaan-bonnen. Ze nu met elkaar te vergelijken is alsof je een beul vergelijkt met Sinterklaas.

Spaarzegels zijn typerend voor het kapitalisme. Voor Nederland. Al kent ook Amerika de hysterie rond 'coupons'. Veel Amerikanen die moeilijk kunnen rondkomen, leven van coupons. Die coupons zijn meer dan een redding in moeilijke tijden, wilde een van de Kardashian-zusjes ons laten weten tijdens haar reality-

show, waarin ze Walmart-wagentjes met eten vulde en afrekende met coupons. Ook in Amerika staan coupons voor 'verstandig omgaan met geld'.

Vandaag de dag zijn we allemaal zegeltjesplakkers, zowel in Oost als in West.

Roemenië heeft na de val van het IJzeren Gordijn het kapitalisme omarmd en wil zijn eigen Verkade hebben en zijn eigen bankiers. Maar toch. Hoe komt het dat Roemenië meer speculanten telt en Nederland meer beleggers?

Door die verdraaide spaarzegel! Die geschiedenis heeft geschreven.

Jeneverglas

Olaf Koens

K*nap!* Het dunne glas dwarrelt naar de bodem van de spoelbak. Alleen het voetje heb je nog in de hand. Je vingers bloeden. Tussen de plastic borstels zitten minuscule glasdeeltjes gevangen. Je hoort het niet alleen schuren wanneer je een bierglas spoelt, je voelt het ook. Glas-op-glas. De vingers krijgen pleisters, de spoelbak wordt omgespoeld.

Mijn herinneringen uit 1997 zijn vaag. Prinses Diana kwam om het leven. *Titanic* draaide in de bioscoop, ik zat in de brugklas en mijn ouders hadden een bruin café in het Friese stadje Sneek.

Het was niet zomaar een café, nee, het was een bruin café. Mijn vader noemde zich niet de uitbater, hij was niet de kroegbaas, maar de kastelein. Een kassa hadden we niet. Mijn vader bewaarde alle handgeschreven rekeningen in een lessenaar. Bellen mocht bij hoge uitzondering, maar moest per tik worden afgerekend. In guldens.

Er klonk – zoals het hoort – geen muziek in het bruine café. Er klonk geroezemoes. Op de achtergrond sijpelde het water van de spoelbak middels een ingenieuze, langwerpige constructie langzaam weg.

Ik mocht de glazen spoelen. De drie borstels in het kabbelende water waren op maat gemaakt voor bierglazen. De simpele wijnglazen die mijn vader niet bij de

groothandel, maar bij de Xenos kocht, waren lastiger. Aan wijnglazen zat lippenstift. Maar dodelijk waren de kleine, dungeslepen, half-bolle jeneverglazen. Breed aan de bovenkant, dunner dan gedacht in het midden, en tegen de bodem van het glas nog een laatste slok. Dat alles op een voetje, natuurlijk – want zo hoort het.

Nergens ter wereld is het aangewezen glas voor de volksdrank zo verschrikkelijk onhandig als in Nederland. Nee, dan de Russen – die hebben wodkaglazen zo sterk dat er sinds de bestorming van het Winterpaleis in 1917 nog niet een gesneuveld is.

Nergens ter wereld is het aangewezen glas voor de volksdrank zo verschrikkelijk onhandig als in Nederland.

Ik heb in het land marmeren standbeelden, hele gebouwen en mensenlevens uit elkaar zien spatten, maar nog nooit een wodkaglas.

In mijn herinnering kwam Johan van der Goot iedere ochtend om een minuut over negen het café binnenwaaien. Zijn lange benen slingerden van een grote, ijzeren fiets – het type dat pas later hip zou worden.

'Goedemorrrughuh!' brulde hij door de zaak. Om twee minuten over negen dronk hij zijn eerste glas jonge jenever. Tenminste, dat is mijn herinnering. Volgens mijn vader dronk hij Famous Grouse, volgens mijn moeder was het een glas Beerenburg. Een alcoholist vol sterke verhalen, van beursaandelen tot catamarans, maar nooit echt dronken. Daar zijn mijn ouders het wel over eens.

'Veel leuker was Pietje Zeeman,' zegt mijn moeder. 'Die ben je toch nog niet vergeten?'

Het is achttien jaar geleden. De namen van de Spice Girls staan me nog helder voor de geest, maar wie Piet Zeeman is weet ik niet meer.

'Nou, die was dus zeeman,' zegt mijn moeder beslist. 'Als hij aankwam in de haven van Rotterdam, was hij al bezopen. Hij was eigenlijk een klant bij moeke Jikke Ozinga, die van Hotel Ozinga. Maar die is toen overleden. Die hebben ze nog begraven in een koets.' Dat kan ik me wel herinneren. Voortgetrokken door een groot Fries paard kreeg de oudste hotelhoudster van Nederland in een antieke zwarte koets een ereronde.

'Als hij niet op zee was, kwam hij dus iedere ochtend bij ons langs. Hij las keurig de krant, dronk een kop koffie, dronk een pilsje, dan nog een pilsje, en dan werd hij knettergek.' Het vocabulaire van de werktuigbouwkundige werd dan gereduceerd tot een stuk of wat zinnen, die hij dan met een kop-, dan met een borststem uitsprak.

'Hij ging na een halfuur al automatisch met zijn handen omhoog zitten, je vader tilde hem dan zo de zaak uit,' zegt mijn moeder. 'Het was een aardige man. Je hebt van hem nog je eerste computer gekregen.'

Dat moet het moment zijn geweest waarop glazen spoelen niet langer interessant was. Het werd bij ons in het bruine café schoorvoetend toegegeven, maar die computer – dat ding had toch de toekomst.

Nooit meer sneed ik mijn vingers aan een jeneverglas.

Zilver

Ad van Liempt

Op 8 september 1628 werd het edelmetaal zilver opeens onze vaderlandse geschiedenis in gekatapulteerd. En wel in een ontzagwekkende hoeveelheid: het was de dag dat Piet Hein de Spaanse zilvervloot veroverde. Er zaten ook wel 37.000 huiden, drieduizend balen dure kleurstof en 361 kisten suiker bij, maar de bulk van de buit was toch zilver: 177.000 pond om precies te zijn.

Piet Hein, admiraal in dienst van de dan nog maar zeven jaar oude West-Indische Compagnie, was op slag wereldberoemd. Het veroveren – zeg maar: stelen – van de Spaanse zilvervloot was de droom van iedere wereldleider in die tijd. Elk jaar voer die vloot vanuit Zuid-Amerika naar Spanje, zwaarbeveiligd tegen kapers. Alle eerdere pogingen om de beveiliging te doorbreken, waren mislukt.

Piet Hein sloeg op die gedenkwaardige dag toe in de Baai van Matanzas, even ten noorden van Cuba. Er is in de geschiedschrijving nooit veel aandacht besteed aan het feit dat er geen hevig gevecht voor nodig was. Na twee schoten gaven de Spanjaarden zich over. Er is geen bloed gevloeid bij de succesvolste overval uit de geschiedenis.

Piet Hein kreeg alle gelegenheid om de buit ordelijk over te laden in zijn eigen schepen. 177.000 pond zilver, totale waarde van destijds: 11,5 miljoen gulden.

Toen het zilver eindelijk in deze streken was aangekomen (en via Hellevoetsluis naar Amsterdam overgebracht) was Nederland door het dolle heen – het bedrag dat na aftrek van kosten overbleef (een miljoen of zeven) was genoeg om een jaar oorlog van te voeren: een ongekende injectie dus in de begroting van de Republiek.

Overal waar Piet Hein verscheen, werd hij gehuldigd als 'een groot uytheems Prins' en langdurig toegezongen door de massa's. Hij reageerde daar niet erg positief op: hij vond zijn prestatie helemaal niet zo bijzonder. Hij had wel grotere krijgsverrichtingen op zijn naam gebracht, maar daar hoorde je nooit iemand over ('en heeft men sich naeuwelijcks aen mij ghekeert').

Later hebben historici dit wel als 'typisch Nederlands' uitgelegd: in andere landen word je beroemd door tot de verbeelding sprekende daden van heldenmoed, vaak zelfs door heldhaftig ten onder te gaan, strijdend tot de laatste man. In Nederland kom je tot ongekende roem als je de volle buit hebt binnengehaald.

> ***In Nederland kom je tot ongekende roem als je de volle buit hebt binnengehaald.***

Hoogleraar Arie van Deursen schreef: 'Geen overwinning is zo populair geweest als die simpele, onbloedige verovering van de zilvervloot, alsof heldenmoed gemeten wordt aan de opbrengst in edelmetaal.'

Piet Heins actie vond plaats tijdens de Tachtigjarige Oorlog; morele bezwaren tegen de zilverroof zijn in Nederland dan ook zelden vernomen. Integendeel: de strijd tegen de Spanjaarden kwam erdoor in een stroomversnelling, terwijl de Spanjaarden zelf, zonder die miljoenen aan zilver, de grootste moeite kregen om hun oorlogsinspanningen nog te financieren.

In de negentiende eeuw kreeg de bewondering voor Piet Heins zilverroof een nieuwe dimensie. De arts Jan Pieter Heije, ook bekend van 'Er zaten zeven kikkertjes, al in een boerensloot', publiceerde het rijmpje 'Piet Hein, Piet Hein, Piet Hein zijn naam is klein'.

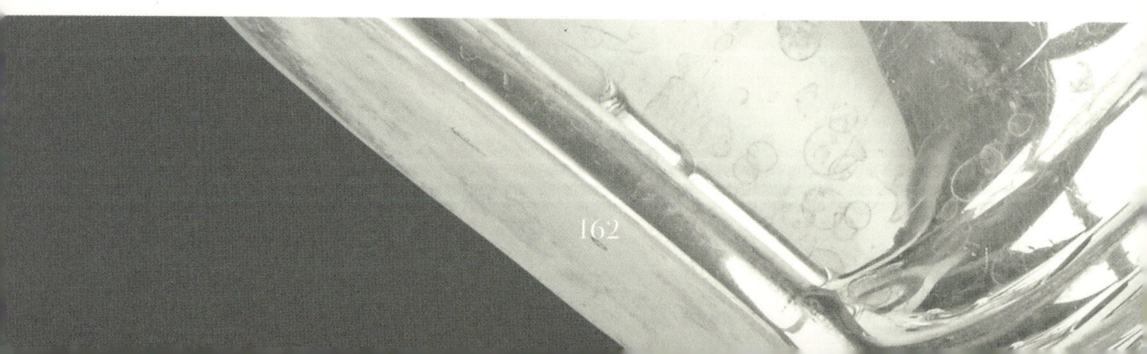

Een jaar of tien jater werd dat op muziek gezet, en had Nederland er een populaire meezinger bij – de 'Zilvervloot'. Dat bleef jaren op het repertoire van schoolkinderen, vooral ook omdat het een plaats kreeg in de meest gebruikte liedbundels. In 1911 drong het als 'Piet Hein Rapsodie' zelfs door tot de hogere cultuur.

Na de Tweede Wereldoorlog raakten die liedbundels langzamerhand uit de gratie, en daarmee ook het lied over Piet Heins geslaagde roofoverval. Onze nationale verknochtheid aan zilver raakte op haar retour. Maar totaal onverwacht maakte de Zilvervloot een glorieuze rentree: het lied bleek heel geschikt voor de sporttribune.

De opmars van eerst Feyenoord en later Ajax naar de top van het Europese voetbal werd begeleid door een massaal meegezongen: 'Hij heeft gewonnen, de Zilvervloo-oo-oo-oot'. Bij voorkeur aan het eind van een succesvol verlopen wedstrijd – het is een triomflied.

Datzelfde hoorden we opeens op de volgepakte tribunes van de kunstijsbanen, waar Ard Schenk en Kees Verkerk de wereldtop bestegen. Het lied van Heije bleek bij uitstek geschikt om je triomf uit te schreeuwen, je trots op iets wat tot voor kort onbereikbaar leek.

Dat zijn we vandaag natuurlijk vergeten, maar dat Nederlandse voetballers en schaatsers nog eens de sterksten ter wereld zouden worden, daar had niemand in de tijd van zuinigheid en bestedingsbeperking ooit rekening mee gehouden.

Bij onze spectaculaire opmars op het terrein van de topsport hoorde het lied van de Zilvervloot, het lied van de nooit verwachte, en met slimheid verworven rijkdom.

Tegenwoordig hoor je het in dit schatrijke land helemaal nooit meer, op geen enkele tribune.

Als onze jongens en meisjes nu iets winnen, zetten we enigszins vermoeid een *wave* in.

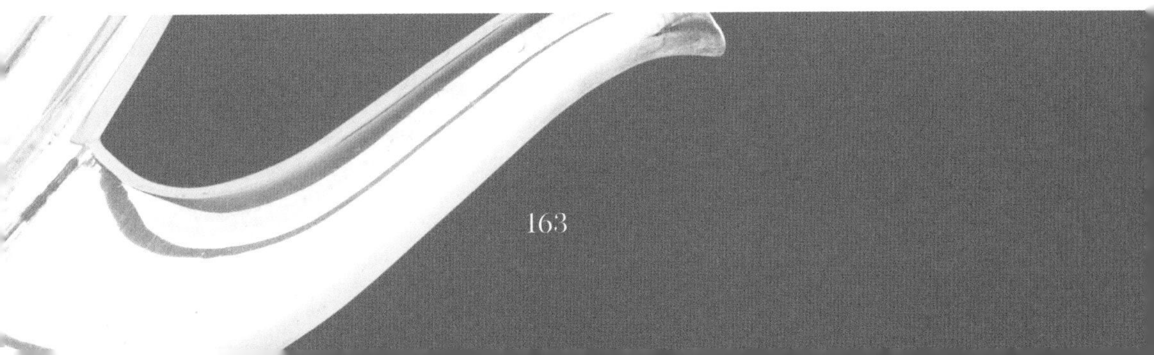

Bloembol

Hendrickje Spoor

Op mijn negentiende ging ik in Leiden filosofie studeren en liet me door mijn vader overhalen lid van het studentencorps te worden. Er was geen andere optie, volgens hem. Zelfs als het een vreselijk gedoe was (en dat was het), zou ik er toch een aantal vrienden aan overhouden (ook dat was zo).

Tijdens de verre van verheffende ontgroening is er een werkweek waarin de aankomende studenten geld verdienen voor de vereniging. Dat jaar werkten we bij een bloembollenteler in Sassenheim. Ik stond met een aantal anderen achter de lopende band om zakjes bollen in doosjes te doen.

Het was prachtig weer en om te smoren zo warm binnen, en we hadden maar drie keer per dag een pauze. Erg vlug ging de lopende band niet en ik verveelde me dan ook suf. De tweede dag stelde ik aan de anderen voor de band op maximale snelheid te zetten, zo gedurende drie kwartier keihard te werken en vervolgens een kwartier buiten in de zon te gaan zitten.

Al snel bleek dat we door deze methode per dag veel meer doosjes produceerden dan van ons gevraagd werd en ik dacht dat de nogal grimmige bedrijfsleider ons zou feliciteren met het initiatief dat we hadden genomen. Maar dat viel tegen.

Aan het einde van de derde dag werd ik in zijn kantoor ontboden en uitgeschol-

den. Ik had aan de machine gezeten en dat was verboden. Bovendien had ik me niet aan de regels gehouden.

'Maar het is in het belang van iedereen,' wierp ik tegen. 'U heeft meer volle doosjes per dag en wij meer vrije tijd.'

'We willen niet meer volle doosjes,' antwoordde hij geïrriteerd. 'We willen gewoon dat je doet wat we van je vragen, dat is meer dan genoeg. Zo moeilijk is dat toch niet te begrijpen voor iemand die gaat studeren...'

De resterende tijd werd ik verbannen naar de nog warmere bovenverdieping, om daar onder toezicht van een humorloze, dikke dame aan een tafeltje bollen te pellen.

Is het vanwege deze ervaring dat ik geen tulpen in mijn tuin heb? Komt het door de gedetailleerde verhalen van mijn beide ouders over de bloembollen die ze aten tijdens de oorlog? Of komt het door het prentenboekje over Nederland, dat iemand mij gaf toen ik als kind in Washington woonde?

Alles leek stram en stijf op de plaatjes die daarin stonden, de keurige huisjes, de molentjes, de kaarsrechte sloten en kanalen. En op iedere bladzijde nette rode tulpen, een bloem die mij even ongezellig en prozaïsch toescheen als de rest. Zo zag de Amerikaanse auteur van het boekje Nederland kennelijk: een opgeruimd, keurig landje met houterige boerinnetjes op klompen en op iedere meter een tulp.

Van origine is de bloembol, en zeker de tulp, verre van Nederlands. Hij kwam via Centraal-Azië naar Turkije en vervolgens, dankzij de Noord-Franse botanicus Carolus Clusius, in de zestiende eeuw naar de Hortus in Leiden.

Maar wij Hollanders zijn goed in het assimileren van dingen, vooral als het iets kan opleveren. En dat deed de tulp al in de zeventiende eeuw, toen tijdens de 'tulipomanie' gedurende zeven jaar zieke en daardoor uitzonderlijk gekleurde tulpenbollen onderwerp werden van een hysterische speculatie, die in een drama eindigde. Veel mensen, maar minder dan de legende doet geloven, bleven berooid achter. In ieder geval leverde deze periode een aantal mooie stillevens op.

Vanaf de tweede helft van de negentiende eeuw begonnen we grootscheeps met het telen van (dit keer gezonde) bloembollen in wat nu de bollenstreek heet. Het klimaat en de grond daar lenen zich er uitstekend voor en bovendien is de bollenteelt een vrij simpele, hoewel arbeidsintensieve aangelegenheid.

We telen vooral voor de export. Net zoals die rare klompjes ons imago bepalen (sinds ik in het buitenland woon, is mij al meer dan eens serieus gevraagd of de Nederlanders nu echt op klompen lopen), is de tulp in de ogen van de buitenwereld onze nationale bloem geworden.

Dutch tulips. オランダのチューリップ Les Tulipes de la Hollande. голландские тюльпаны…

Wat we er zelf van denken, is intussen niet helemaal duidelijk. Houden we eigenlijk wel van tulpen? Of doen we gewoon mee aan het beeld dat anderen van ons hebben omdat dat geld oplevert, omdat we blij mogen zijn dat we iets hebben waardoor de wereld weet dat ons kleine landje bestaat? Ook ik neem ieder jaar voor mijn Franse gemeente rode tulpenbollen mee – die zodra ze in bloei staan, onmiddellijk door de eekhoorns worden aangeknaagd en onthoofd.

Wanneer ik in de lente door Nederland rijd, zie ik nauwelijks tulpen in de altijd keurig onderhouden tuinen. Wel veel vaste planten en achter de ramen steevast een orchidee of twee. Het is bepaald niet gemakkelijk om de Phalaenopsis te laten bloeien, dat vergt veel meer dan een paar centimeter aarde en wat water.

Ik denk weleens dat de orchidee eigenlijk onze nationale bloem is, een veel interessantere en complexere plant dan de tulp en bovendien blinken we uit in het kweken ervan. Of de roos, waarvan we ieder jaar nieuwe soorten kweken en waarmee we prijzen winnen. Of de hortensia, die in geen enkele tuin ontbreekt. Misschien moeten we in opstand komen tegen het simplistische tulpbeeld dat de wereld van ons heeft en kiezen voor een nationale bloem die onze eeuwenlange, rijke botanische traditie beter tot haar recht doet komen. Maar dat doen we natuurlijk niet. Niet alleen omdat we geld verdienen met de bloembol, maar ook omdat het in onze nationale geest besloten ligt niet te hoog van de toren te blazen. 'Je mag al blij zijn met wat je hebt' en 'doe maar gewoon, dan doe je al gek genoeg', is tenslotte ons devies.

> **Ondanks alle talent, cultuur, geschiedenis en innovatie zijn we in mentaliteit vaak een klein landje gebleven.**

Ondanks alle talent, cultuur, geschiedenis en innovatie zijn we in mentaliteit een klein landje gebleven. Een vlekje op de wereldbol, waar mensen een rare taal spreken.

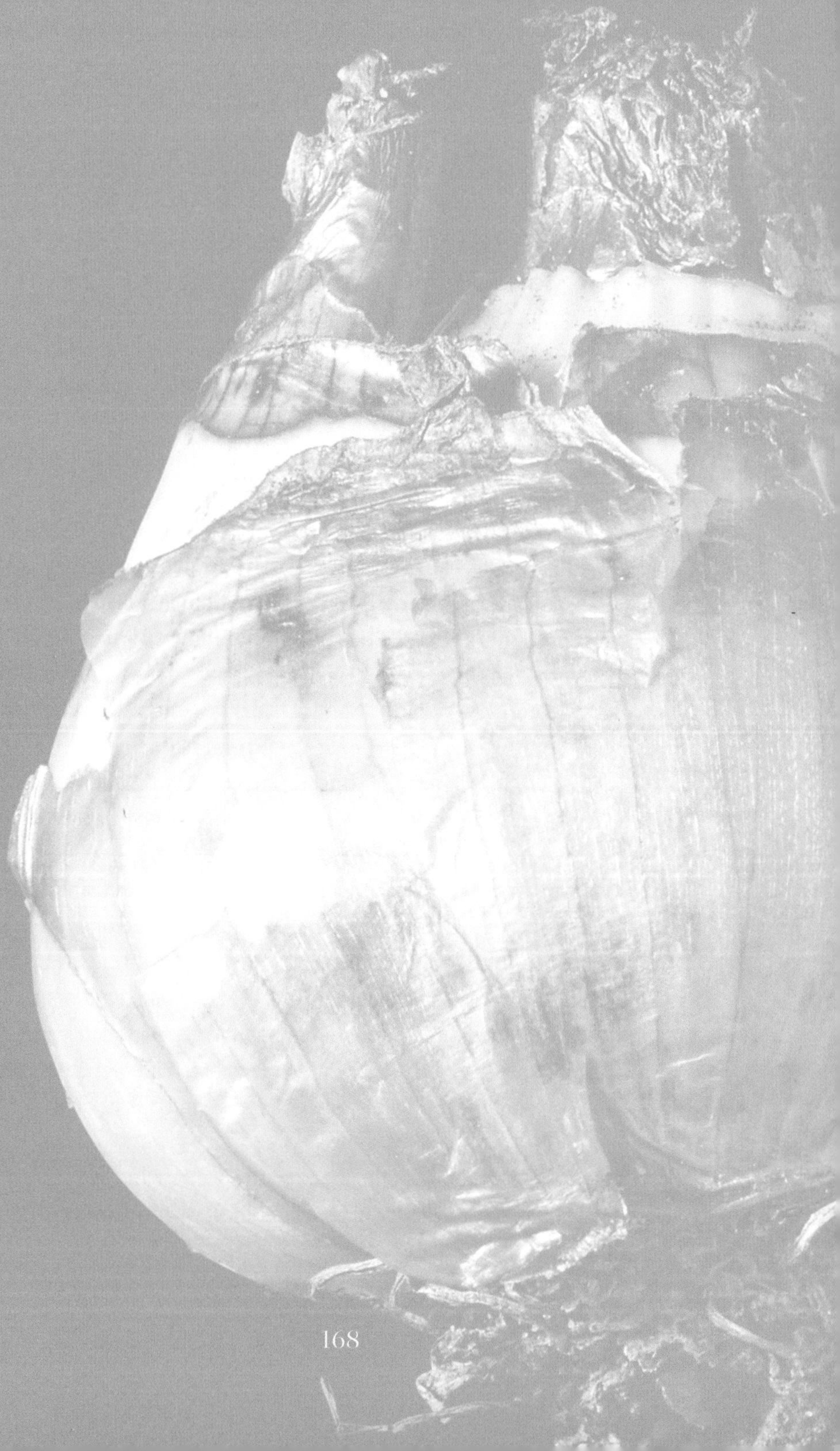

We zijn blij als we mee mogen doen en tegelijkertijd vinden we dat eng.

Zelfs mijn erudietste Nederlandse vrienden kunnen het niet laten om, als ze een avond over literatuur en muziek hebben gesproken, aan het einde te verzuchten: 'Wat doen we cultureel, hè? Net echt...'

We gaan in het buitenland liever naar de supermarkt dan naar de markt, om enige uitwisseling met autochtonen te vermijden. We zouden weleens af kunnen gaan. Ons gezicht verliezen. Door de mand vallen. Nog veiliger is het om de koffie, aardappelen, kaas en aspirines van huis mee te nemen. Zo weet je wat je hebt en kom je niet voor verrassingen te staan.

Het is een manier van denken die me altijd opnieuw verbaast, een soort cultureel minderwaardigheidscomplex waaraan we lijden.

Je moet je niet aanstellen, je mag niet te veeleisend zijn. Dan ben je over het paard getild. En pas op hoor: hoge bomen vangen veel wind.

Haarlemmer Olie

Paul Witteman

In 1953 openbaarde zich bij mij een nare lichamelijke kwaal. Ik was zeven jaar oud en had het regelmatig zo benauwd dat ik dacht dat ik stikte. Dan kroop ik bij mijn moeder in bed en fluisterde hees dat ik doodging. Ze schrok daar niet meer van, hoewel de aandoening gepaard ging met hoge koorts.

Onze huisarts, dokter Bos, een man met lange neusharen en een donkere bril, had al na de eerste aanval van benauwdheid de alarmerende diagnose gesteld: astmatische bronchitis. Die zou nooit helemaal overgaan, maar er viel mee te leven.

Let maar op, sprak hij nonchalant, na enkele uren rust zal de ergste ademnood verdwijnen.

Als je denkt te stikken, is dat geen geruststellende termijn.

Voordat de dokter vertrok, sprak hij langdurig met mijn moeder over muziek, alsof dat het eigenlijke doel van zijn komst was geweest. Dokter Bos was de echtgenoot van Jo Vincent, de beroemdste zangeres van Nederland, vandaar. Zo is toen, in de slaapkamer van mijn ouders, mijn allergie voor opera ontstaan, omdat de dokter ouwehoeren over Puccini kennelijk belangrijker vond dan het helpen van een kind in doodsnood.

Voor zijn vertrek toverde hij uit zijn enorme dokterstas een aantal torpedovormige pillen tevoorschijn die, als het echt niet meer ging, in mijn anus konden worden geduwd om verlichting te brengen. O ja, en er was natuurlijk altijd nog

HARLEMENS
C. de Koning Tilly
WETTIG GEDEPONE

Haarlemmer Olie, een panacee, een middel tegen alle kwalen van de wereld. Hij overhandigde mijn moeder een flesje. Daarin zat een vettige vloeistof, die iedere dag op mijn borst moest worden gesmeerd.

Je weet maar nooit, zei hij met een knipoog naar mijn moeder.

De torpedo's (met kinine) hielpen, maar ik dacht dat de verlichting van mijn pijn te danken was aan de Haarlemmer Olie, want het spul stonk zo hevig dat het wel moest helpen.

Een ander wapenfeit. Dertig jaar geleden wilde de zwangerschap van mijn overbuurvrouw maar niet ophouden. Het kind kwam er gewoon niet uit. Geen zin. Een ontploffing van de buik dreigde. De huisarts raadde een keizersnede aan, maar de verloskundige stelde voor nog een dag te wachten en intussen de gigantische buik in te smeren met Haarlemmer Olie. De volgende dag werd een gezonde dochter geboren.

De allesomvattende geneeskracht van het middel is al een paar eeuwen spreekwoordelijk en wordt op een breed terrein ingezet.

'Dat werkt als Haarlemmer Olie,' zegt de huwelijkstherapeut die twee ruziende echtelieden aanraadt ter verzoening samen op vakantie te gaan. Maar ook een verstopt riool kan, nadat het wondermiddel in het toilet is gegoten, weer 'lopen' als nooit tevoren.

Op de Grote Markt in het oude centrum van Haarlem staan twee bronzen beelden. Een stelt Harry Mulisch voor. Het andere, aanzienlijk grotere monument, toont Laurens Janszoon Coster, de uitvinder van de boekdrukkunst, althans volgens Haarlemmers.

Hoewel beide mannen veel voor onze cultuur hebben betekend, is het niet hun verdienste dat de stad Haarlem beroemd is over de hele wereld. Die internationale naamsbekendheid dankt de stad aan schoolmeester Claes Tilly, die in 1693 de eerste flesjes met zijn olie vulde.

Het spul stonk zo hevig dat het wel moest helpen.

Claes Tilly had een laboratorium in de Achterstraat (nu Anthoniestraat) met uitzicht op de trotse Sint Bavokathedraal. In de donkere ruimte van zijn atelier op zolder, waar hij experimenteerde met kruiden en chemische middelen, stonk het naar terpentijn. Want de precieze samenstelling mag dan nog altijd geheim zijn, vaststaat dat Haarlemmer Olie terpentijn, kruiden, lijnzaadolie en zwavel bevat.

Avonturiers en zendelingen namen het middel mee op hun rooftochten door wat later de Derde Wereld is gaan heten en gebruikten het onderweg tegen tropische ziektes. Tot op de dag van vandaag worden er lege flesjes gevonden op Nova Zembla, want ook walvisvaarders gebruikten het middel, terwijl je zou denken dat ze over voldoende levertraan beschikten om lichamelijke uitputting en barre koude te bestrijden.

Zoals elk succesvol product wordt het middel driftig nagemaakt en in nep-flesjes tegen een lagere prijs verkocht. Je moet goed op het etiket kijken om nep en echt uit elkaar te kunnen houden. Of bestaat er geen onderscheid tussen nep en echt en hebben we hoe dan ook te maken met placebo-olie?

Op het bijschrift staat vermeld dat het middel helpt, want ‘doordat de olie de giftige stoffen uit het lichaam verwijdert, krijgt het lichaam de kans om zichzelf te genezen’.

De Vereniging tegen de Kwakzalverij heeft al in 1881 gewaarschuwd tegen de Haarlemmer Olie. Het huidige bestuur van de humorloze organisatie vindt het niet eens meer de moeite waard zich nog in een eventueel heilzame werking ervan te verdiepen: het is allemaal oplichterij en bedrog. Er zijn ook bijna geen artsen meer die het voorschrijven. De patiënt die ernaar vraagt, wordt uitgelachen.

Toch hebben bijna alle apotheken de olie op voorraad en halen talloze mensen het middel stiekem in huis. Ze bewaren het in de medicijnkast, naast de kruiden, de levertraan, de vitaminepillen en al die andere middelen die een geheim bewaren waarvan we tegen beter weten in hopen dat het ons uit de brand helpt.

Ik heb ook een flesje gekocht. Voor als ik het benauwd krijg.

Negen euro. Geen geld.

Spionnetje

Elma Drayer

Heel soms zie je ze nog, in inmiddels veryupte, voormalige volkswijken als de Amsterdamse Jordaan, de Spaarndammerbuurt of de Pijp: kleine, rechthoekige spiegels op een standaard, vastgeschroefd aan het raamkozijn.

Als voorbijganger weet je meteen dat daar een autochtone Amsterdammer moet wonen. Yuppen halen er de neus voor op. Zoals ze ook de neus ophalen voor vitrages en geraniums. Zodra zij een woning betrekken, maken ze die gegarandeerd spionnetjesvrij.

Was het spionnetje een Nederlandse vinding? Zou zomaar kunnen. Vermoedelijk niet voor niets heet het in het Engels (behalve *spy mirror*) ook wel *Dutch mirror*.

Maar de neiging om je naaste omgeving in de gaten te houden lijkt me universeel, niet typisch Nederlands. Dus hoezo kwam het spionnetje uitgerekend in onze negentiende-eeuwse steden in zwang? Dat moet te maken hebben met de stevige positie van de huisvrouw in de (relatief) welvarende Lage Landen. Meer en eerder dan elders speelde haar leven zich af in en rond het huis.

In haar fraaie cultuurgeschiedenis *Vrouw des huizes* bespreekt historica Els Kloek een boek uit 1858, van de Franse schrijver en sociale hervormer Alphonse Es-

quiros. Net als andere reizigers verbaast hij zich in *Nederland en het leven in Nederland* over de properheid van de Hollanders.

'Die overdreven zindelijkheid van de woningen verklaart volgens Esquiros de liefde van de Hollanders voor het huiselijk leven: ze zijn graag thuis, in wat men "de wereld van de vrouw" pleegt te noemen. Om die huiselijkheid te kunnen combineren met de vrouwelijke eigenschap van nieuwsgierigheid, hebben de Nederlanders het zogenaamde "spionnetje" uitgevonden. (...) Zo hoeven de vrouwen de deur niet uit om toch te kunnen zien wat zich op straat allemaal afspeelt.'

Hoezeer de aandacht ook was gericht op de binnenwereld, zonder een blik op de buitenwereld ging het blijkbaar niet.

De oudste door mij gevonden vermelding van een spionnetje in een Nederlandse tekst stamt uit januari 1840.

Onder de kop 'Hoe Jaap Mossels en zijne vrouw hunne kinderen leerden kwaad spreken' meldt de *Bredasche Courant*: 'Hij zat altijd voor het venster van zijne zijkamer, terwijl een dubbel spionnetje hem met eenen enkelen blik de gansche straat toonde.'

In het werk van sociaal bewogen schrijvers groeide het spionnetje uit tot een waar *topos*. Het wemelt ervan bij Herman Heijermans ('Heb je strakkies niet zelf geklaagd over de juffrouw met den scheeven nek, die jou door 't spionnetje zit te beloeren en over de bovenbuurtjes die uit d'r raam hangen?'). En ook bij Theo Thijssen duikt het spionnetje regelmatig op.

Weinigen zullen de aandrift om de medemens te beloeren niet kennen.

In 1940 verscheen er zelfs een complete roman die *Het spionnetje* heette, geschreven door de geboren Jordanees (en fanatieke NSB'er) G.P. Smis. Het eenzelvige jongetje Freek – vader drankzuchtig, moeder halfblind, broer in het tuchthuis – brengt uren zoet in de vensterbank.

'Het spionnetje moest veel meer van de dingen weten dan jij zelf, want alles wat er in de Willemstraat gebeurde, werd er door opgenomen en als je er dichtbij zat, mocht je in zijn buik, die honderden meters diep was, alles bekijken. Als je met je hand achter zijn rug voelde was er niets, maar keek je dan weer in zijn buik, dan leek het een toverland.'

Zoveel warme woorden voor het spionnetje waren uitzonderlijk. Een echt fijn imago heeft het geloof ik nimmer gehad. In andere milieus stond het voor benepenheid, verstikkende sociale controle, kleinburgerdom. Maar waarom eigenlijk?

Neem de uiterst kakkineuze buurt in Amsterdam-Zuid waar ik nu zo'n kleine twintig jaar woon. De raamkozijnen zijn er, dat spreekt, van oudsher spionnetjesvrij. Wij hebben hooguit een intercom of webcam – hedendaagse spionnetjes, waarvoor je je blijkbaar niet hoeft te generen.

Geen bewoner die de straat permanent in de gaten houdt. Althans niet openlijk. Want als we weleens met elkaar aan de praat raken, blijken we verbijsterend goed van andermans gangen op de hoogte te zijn.

'Word jij ook zo gestoord van die man die de godganse dag piano speelt?'

'Ik zie daar nooit iemand. Jij?'

Weinigen zullen de aandrift om de medemens te beloeren niet kennen. Alleen de bezitters van een spionnetje komen er rond voor uit.

Vlaggetjes van Oranje

David Endt

Oranje werd met een hoofdletter O geschreven toen wij schoolkinderen, voorzien van vlaggetjes, dubbelgerijd op de afscheiding van straatweg en voetpad stonden opgesteld om de koningin langs te zien rijden. Dat was een zekere mate van verplichting die wij, klein als we waren, niet als indoctrinatie zagen.

De Oranjevlaggetjes hadden wij, na het oefenen van het Wilhelmus in de aula van de school, voor de gelegenheid in de handen gedrukt gekregen. Met de limousine in zicht diende er nog fanatieker mee gezwaaid te worden. En dat deden we, trouw, vol plichtbesef, naar de achter matglas verborgen voorbijzoemende Juliana. Of Beatrix.

Zwaaien met ons vlaggetje van Oranje.

We zijn die kleur oprecht mooi gaan vinden. Terwijl het nuchter bekeken slechts een tussenkleur is, een mengsel van geel en rood. Dat helle, bijtende, scherpe of vaalvage oranje hebben we, tegen beter weten in, het etiket schoonheid opgespeld. Oranje is onze kleur.

Neem het stoplicht. Internationaal ligt tussen het gebiedende rood en het vrijgevende groen officieel de kleur geel. Niet bij ons! Tussen die twee uitersten plaatsen wij oranje. Want wij willen dat het oranje is.

Het oranje geeft ons ruimte om te ontsnappen aan de opgelegde nuchterheid, dat zelf aangebrachte etiket, dat geurt naar beheersing, relativiteit en inpoldering van emoties. Daarmee nemen we onszelf danig in de maling. Want wij zijn natuurlijk helemaal niet zo nuchter. Hoezeer wij ook leven vanuit de gedachte dat het een verworven kwaliteit is nuchterheid betrachten, binnenin laait een vuur van emotie.

Gelukkig is daar het vlaggetje. Het oranje vlaggetje, het vlaggetje van Oranje. Tovermiddel en alibi om diepere lagen aan te boren en de passie vrij spel te geven. Rechthoekig, vierkant of gepunt, het vlaggetje biedt vrijheid aan de angstvallig ingesnoerde emoties, het tot kalmte onderdrukte bloed.

Wat voorbehouden lijkt aan warmbloedige, heetgebakerde volkeren – alles ten zuiden van Brussel – bestaat wel degelijk in de nuchtere Nederlander.

Opgekropt door de stilaan opgelegde calvinistische reflex, kan het vlaggetjesgevoel met onbedaarlijke en verbazingwekkende kracht naar buiten komen zetten. Dan wenst de ware aard zich te ontladen.

De grote bevrijder is toch het voetbal. Waarin we ons de besten weten. Voetbal is de drager van onze hoop op eer en glorie en de mondiale erkenning van Nederland als machtsstaat.

Voordat het voetballende Oranje succes had, bestond de spontane oranjevlaggetjesreflex niet. Het oranje van dit oranjevlaggetje wordt overigens met een kleine letter o geschreven, want het draagt niet meer dan een herinnering aan het koningshuis. Massa's mensen van de laatste door EK's en WK's gevoede generaties zullen toch niet beter weten dan dat onze koning met oranje wordt geassocieerd vanwege de vlaggetjes, en niet andersom?

Dat helle, bijtende, scherpe of vaalvage oranje hebben we, tegen beter weten in, het etiket schoonheid opgespeld.

De man draagt een oranje stropdas (zijn gemalin een oranje zijden sjaal). Hij zwaait, een beetje onhandig toch, met een oranje vlaggetje aan een wit plastic steeltje. Dat doet hij niet voor zichzelf (al waait die gedachte wel even duivels door zijn hoofd) maar omdat hij fan is van Oranje. Eh, fan van het voetbalteam.

Voorafgaand aan en tijdens de grote voetbalevenementen wil heel Nederland zwaaien met vlag en wimpel. Oranje moet en zal. Een beetje om het Nederlands Elftal steun te betuigen, maar vooral om zich zolang als het duurt volledig te bevrijden van het beknellende nuchterheidsjuk.

Nergens in de wereld zie je deze cultuur, al trachten sinds kort de Belgen ons na te apen. En het gaat ver. De veronderstelde en geëtiketteerde nuchterheid wordt met zo grote kracht van zich afgeslagen, dat een simpel vlaggetje-in-de-hand niet volstaat. Nee, hele buurten worden geguirlandeerd met oranjevanen, die van lantaarnpaal tot lantaarnpaal kruislings over stoepen en straten worden gehangen, die balkons van in min en onmin levende gezinnen verbinden. Mensen kleden zich in oranjevlaggetjes, dragen vlaggetjesmutsen, dompelen zich onder in oranjevlaggetjestaal, ademen oranjevlaggetjes.

Ze zien eruit als pyjama's, leeuwenpakken of indianentooien, maar in oorsprong zijn het vlaggetjes. Ach, hoe schitterend dansen de oranje baniertjes op de zomerwind, hoe oogverblindend maken zij de stadsbuurten, grachtengordels, dorspleinen en vinexwijken.

Het oranjevlaggetje als symbool en alibi om de miskende vurigheid ruim baan te geven en de onderdrukkende nuchterheid volledig en in gebiedende wijs van zich af te wapperen.
Wij zijn warmbloedig, heetgebakerd, emotioneel en vurig en laten het bruisend bloed naar Gods en Allahs believen over de Hollandse akkers en weilanden stromen. Weg met de geveinsde kalmte, ruim baan voor de hartstocht, weg met de relativerende beschouwing en vrij spel voor de verblinde uitingsdrift! Laat de vlaggetjes wapperen!

Totdat Oranje verliest en op slag het oranjevlaggetje verpietert, de kleur van een herfstblad aanneemt, nog valer wordt, valt en vertrapt en verguisd tegen de stoeprand zijn laatste adem uitblaast.

Het juk wordt weer geplaatst. Tot het volgende grote, bevrijdende evenement.

Vlakspoeler

Adriaan van Dis

De vlakspoeler. Nooit van gehoord en op het eerste gehoor ook nog eens een lelijk woord. Bij navraag blijkt het de plateauplee te zijn waarop je je ontlasting kon zien dampen. En het is nog een Nederlandse uitvinding ook.

Maar waarom kreeg ik dit onderwerp toegeschoven? Omdat ik bekakt praat en te deftig lijk voor zoiets aards als een menselijke drol? Welnu, als ik iets niet schuw, is het een bruine vinger. Ik was mijn gat dagelijks – twee keer per dag als het zo uitkomt. Wij zijn thuis opgevoed met een spoelfles naast de plee. *Tjêbokken*. Hygiënischer dan papier, dat het nodige wegneemt, maar ook inwrijft.

Ik groeide op tussen tropenmensen, die bruine ervaringen niet uit de weg gaan. Na een goede rijsttafel verheugde je je, met de smaak van sambal en rotte garnaal nog brandend om de lippen, al op de tweede passage. Bij een gepeperd Indisch maal hoort men immers dubbel te tintelen, eerst in de mond en dan om de kont. Hoe pittiger het afscheid, hoe groter het compliment aan de kok. Met deze achtergrond hoort de stoelgang tot de bespreekbare onderwerpen.

Zo herinner ik mij nog de opwinding thuis bij de arrestatie van De Kakker, een inbreker die zijn bijnaam dankte aan het feit dat hij na elk bezoek een drol achterliet. Een doortastende rechercheur wist een verband te leggen tussen deze vi-

sitekaartjes en de dagschotels van herbergen en pensions in de omgeving van de plaats delict. Een restant wortel uit de hutspot met klapstuk zou de onverlaat uiteindelijk noodlottig worden. Een knap staaltje speurderswerk! Het *Algemeen Handelsblad* deed er in geuren en kleuren verslag van.

Later, op reis, haalde de drol met regelmaat mijn dagboeken. Wat spat het daar toch in op! De aantekening van mijn eerste plons in een Frans hurkgat kreeg een vette alinea, of anders wel Genua, waar de jeugdherberg de wc-klant slechts één emmertje water gunde. Hoe spoel je pot en gat tegelijk? En hoe bewaar je je evenwicht als je samen met tien Afghanen boven een kuil hangt? Waar moet je kijken als een Nepalese monnik tijdens een rondgang door zijn klooster even hurkt en bij het opstaan een harde keutel uit zijn pij schudt? En dan al die diarreedagen. *Ecce homo cacans*. Deerniswekkend. Schaamteloos.

Zie jezelf op een zolderkamer in de Amsterdamse Pijp. Je moet twee verdiepingen lager bij je hospita naar de wc. Na tienen en in het weekeinde gaat haar deur op slot. De vork biedt uitkomst: je prakt je drol onder de kraan in de wasbak tot spoelbare proporties. Een krant kan ook. Deponeer, vouw toe en moffel het pakketje in een van de vuilnisemmers op de overloop. Vervolgens krijgen je Surinaamse buren, met wie je de zolder deelt (en een houten wand van nog geen twee centimeter dik) de schuld. Dáár schaam ik me voor.

Als ik iets niet schuw is het een bruine vinger.

Aan de drol zelf – de compacte drol – heb ik eigenlijk niets dan goede herinneringen. Ik kijk er graag op terug, altijd nog. Als hij tenminste zichtbaar blijft. Wat heb ik vandaag gebakken? O jee, de pinda's zijn maar half verteerd (ik hoorde ze tikken), ook de niet al te gaar gekookte bonen tonen mijn gulzigheid, en wat stinkt vlees toch na een nachtje darmkanaal. Een vegetarisch maal ruikt de volgende morgen veel landelijker.

Soms stemmen vorm en kleur me zo tevreden dat ik de dag met een glimlach begin. Alleen al daarom verkies ik een wc met vlijplank – die ik voortaan dus vlakspoeler moet noemen.

Wij groeiden op met zo'n ding, het was het altaar voor onze hoop. En meer. Ik leerde erop schrijven. Mijn eerste letter: een simpele I. Na enige oefening afgewerkt met een punt. Een lichte zwenking halverwege zorgt voor een J. Na veel oefening bak je een O. Met een beetje gedraaikont plak je daar weer een slangetje onder en baar je een Q. De V is geen kunst, maar de W vraagt om acrobatiek en ingehouden berekening.

Vieze praatjes? Nee, drukkersgeluk.

Een raadsel rest: waarom staat de vlakspoeler te boek als een typisch Nederlandse uitvinding? Is hij tekenend voor ons volkskarakter? (Voor zover er in een verkleurend Nederland nog zoiets bestaat.) Een toonbeeld van onze zuinigheid? Eerst nog even onze bruine centen tellen, voor we ze moeten afstaan? Of van de anale fixatie van op het gebied der lusten ingetogen eigenheimers?

Misschien moeten we het positiever zien. De vlakspoeler als de ontleedtafel waarop de opvoeder de ontlasting van het kind inspecteert. Wat zit erin? Wormen? Bloedsporen? Poepkijken voorkomt kwalen. Zo bezien is de vlakspoeler een instrument van volksgezondheid. Toch is hij uit onze huizen verdwenen. De wc moet gezellig zijn, geurloos liefst en zonder remspoor. Glanzend als ons leven.

Heel onpraktisch, blijkt nu, sinds Nederland massaal wordt opgeroepen regelmatig zijn ontlasting te controleren en 55-plussers in het kader van een nationaal kankeronderzoek zelfs hun poep naar een meldpunt kunnen sturen. Handig als je een plateau hebt, maar wie uit een plonsplee een droge klodder wil opvissen moet eerst een papieren vangnet in de pot vouwen.

Of diende de vlakspoeler soms meer dan onze hang naar controle? Is het geen calvinistische uiting: wij hebben niets te verbergen. Gordijnen open, ook 's avonds. En de drol op de plank. Overzichtelijk, vlak als onze polders en weiden.

Kijk, zo hebben wij geleefd, gegeten. Degelijke kost: gortepap, brood, aardappelen. Niks geen frivoliteiten. Dat de Fransen hun ontlasting meteen wegspoelen, getuigt alleen maar van hun dubbele moraal. Ze wensen de volgende dag niet herinnerd te worden aan hun decadentie. Wij calvinisten plengen in Gods aangezicht. Een offer dat gezien mag worden.

Mattenklopper

Kees van Kooten

Probeer het maar eens. Dat gaat u niet lukken. Dit kloppend natekenen van een doodstil poserende mattenklopper is hondsmoeilijk. Zonder voorbeeld en uit het blote hoofd slaagt helemaal niemand erin deze simpele, maar tegelijkertijd verschrikkelijk ingewikkeld vormgegeven hulp in de huishouding goed gelijkend af te beelden. De steel krijgt u nog wel geloofwaardig op papier. Maar dan komen de van wilgentenen of rotan gevlochten, gelijkvormige rondingen; twee, drie of vier strengen dik. Hoe zit dat in hemelsnaam? Je loopt de bochten na met je vinger, eerst verbaasd om de logica, daarna in bewondering voor de spiegelbeeldige compositie. Dat je na al die onopmerkzame jaren hier nu pas de pracht van inziet! Nee, uw tekening lijkt nergens op. Een totaal asymmetrisch misbaksel, ronduit beledigend voor dit luisterrijke gebruiksvoorwerp. Verfrommelen, deze schets. Nog een keer proberen.

Toen wij kinders waren, hielp het gezinshoofd nog maar zelden bij de huishoudelijke werkzaamheden. Dat ging hij later pas doen, toen de stofzuiger kwam. Dat oergeloei vonden vaders stoer. En daar dan, al zuigend, ernstig en vakmanschappelijk bij kijken.

Tot ons vierde levensjaar mochten wij weleens een kamer lang meerijden, op de Ruton. Maar de mattenklopper hanteerde vader vrijwel nooit. Dan liever de bijl,

om aanmaakhoutjes te hakken. Moeder zwaaide de mattenklopper. Dat maakte haar merkwaardig machtig. Sterker dan je haar ooit had gezien, werd zij hierdoor. Over ongedachte krachten bleek zij te beschikken. Ook door het overtuigende geluid dat zij voortbracht, wanneer zij haar schoonmaakwapen ritmisch zwiepend liet neerkomen op over de waslijn of een balkonrand gedrapeerde dekens en kleden.

'En ben je onwillig, dan bruik ik geweld.'
Maar niet heus natuurlijk.
Want weliswaar hief zij dreigend onze mattenklopper, maar achter haar streng vertrokken gezicht bleef zij glimlachen.
'Zal ik jou eens met de mattenklopper geven?' of 'Moet jij soms met de mattenklopper hebben?' Dat was voldoende om ons terug op de rails te krijgen. Nooit ontvangen, dit pak slaag, maar natuurlijk wel gefantaseerd over de ornamentele afdruk die dat wafelijzer op je roodgloeiende billen zou achterlaten. Eigenlijk oefende moeder met die mattenklopper voor later. Voor als ze in een volgend leven eindelijk eens echt kon gaan tennissen, waar nu natuurlijk nog geen denken aan was.

Daar moet de mattenklopper overheen!' De tweehoofdige directie van Het Simplisties Verbond (een kleine omroeporganisatie, die in 1972 werd opgericht en in de zendtijd van de VPRO ruim vijfentwintig jaar lang satirische televisie-uitzendingen mocht verzorgen), hanteerde de mattenklopper als symbool voor de grote schoonmaak die hun voor ogen stond. Alles in Nederland moest en kon simpeler, transparanter, eerlijker en goedkoper en daar was die mattenklopper een fraai symbool van. Ten behoeve van simplistiese geloofsgenoten in den lande verschenen er gratis aan te vragen stickers, ter grootte van een ontbijtbordje. Daar stond de mattenklopper grafies versimpeld op afgebeeld met eromheen gedrukt de geruststellende kreet: Goedgekeurd door het Simplisties Verbond.

'Moet jij soms met de mattenklopper hebben?' Dat was voldoende om ons terug op de rails te krijgen.

Dat vignet was ontworpen door de grafisch ontwerper Leendert Stofbergen. Een toepasselijke naam, want wanneer je de mattenklopper op een vervuild vloerkleed deed neerkomen en het helder weer was, kon je hier per klap een wolkje stof uit op zien stijgen.

De bezem, de zwabber, de mop, de plumeau, de ragebol en de stoffer en het blik werden en worden na gebruik teruggeplaatst op hun vaste plekje in het huis. Ergens in een donkere hoek of in het keukenkastje of ver weg onder de gootsteen of in het voormalige kolenhok op het balkon – als ze maar netjes uit het zicht zijn. De mattenklopper daarentegen werd en wordt vrijwel nooit weggestopt, maar trots en keurig opgehangen aan zijn eigen speciale haakje. Dit is vaak van koper, want dat verdient hij. Hierbij wijst de steel naar beneden. Dit wordt niet gedaan om de klopper in goede conditie te houden (zoals men een bezem altijd met de steel op de vloer moet plaatsen, zodat de borstel onbelast is, aangezien een op zijn haren weggezette bezem steeds krommer wordt en slechter zal gaan vegen) maar omdat de arabesken van de decoratieve mattenklopper door iedereen, bewust of onbewust, MOOI worden gevonden.

Deze verrukkende schoonheid is nooit beter omschreven dan door de geheel vergeten, jonge Nederlandse dichter Alex Gutteling, die slechts leefde van 1884 tot 1910.

De Mattenklopper

Er is een schoonheid in 't armoedigst kleine,
Die zich in stilste droom slechts openbaart.
Gelijk somtijds een zwerver eenzaam staart
Naar een Moors venster, sierlijk rijk van lijnen,
Zo boeit dit nietig ding betoovrend mijnen
Ontroerden blik: hoe speels en toch hoe klaar 't
Riet zich verwindt en tot een steel zich paart:
Geringde palmenstam in blonde schijnen!

Was het een kunstnaar die voor het eerst verzon
Zo tot een kroon, een arabesk, te spreiden
Lichte en veerkrachtige stengels, guld in zon?
Of is elk ding dat zorgvol en bescheiden
De mens goed voor zijn doel vervaardgen kon,
Schoon geen 't vermoedt, Schoonheid voor alle tijden?

Pepernoot

Quinsy Gario

Een behapbaar brokje gevoelens en gedachtes. Over periodes in het recente en verdere verleden waar sommigen een goed gevoel aan hebben overgehouden. Gevoelens die na elk rondje om de zon weer naar boven worden gehaald, in een jaarlijkse herhaling.

Het mengsel van roggemeel en anijs is voor velen verbonden aan gelach en gedichten. Anderen kunnen in een pepernoot de sfeer van het einde van het jaar proeven, voor hen is het een manier om weemoedig te reflecteren op de afgelopen twaalf maanden.

Een van de opvallendste kenmerken van de pepernoot is dat hij vaak wordt verward met de kruidnoot. Hij wordt niet herkend voor wat hij is. Als je 'pepernoot' googelt, levert dat negen van de tien keer een afbeelding van een kruidnoot op. Het woord pepernoot rolt in de volksmond kennelijk gemakkelijker over de tong dan het woord kruidnoot. Het zijn twee verschillende dingen, maar we vinden het gemakkelijker dat onderscheid te laten voor wat het is.

De pepernoot is een belangrijk onderdeel van strooigoed. De term strooigoed schept ook de mogelijkheid om niet moeilijk te hoeven doen over wat er wordt gestrooid in de dagen van gladde fietspaden en warme jassen. Goed wordt door de lucht geslingerd en handjes grijpen boven hun hoofd om te vangen wat ze kun-

nen. Daarachter staan ouders, om de bezitters van die handjes te vertellen dat ze geen pepernoten van de grond moeten eten.

Je ziet die ouders praten en beseft dat ze dat zelf ook ooit te horen hebben gekregen van hun ouders, en die weer van hun ouders.

Het strooien met snoep zou een verwijzing zijn naar de wil om een zoete toekomst te oogsten.

We herinneren onszelf eraan dat we een land zijn van boeren en van aandeelhouders. Maar vervoerd worden door suiker, die door de aderen raast en de tongen losmaakt om nog meer te wensen, nog meer te eisen, is een koud kunstje als slechts de schaduwen te zien zijn van de mensen van wier werk die suiker een erfenis is.

Knusse voorstellingen worden ons voorgeschoteld alsof ze de normaalste zaak van de wereld zijn. Maar dat is net als de plant, die zich niet afvraagt waarom hij zo sterk heeft kunnen groeien. Hij is groot en werpt vruchten af; wat daaraan vooraf is gegaan, blijft verscholen.

De aangereikte verhalen zijn voorstellingen van een scharrelend geweten, dat bezwaard een leugen om bestwil bedenkt om niet verscheurd te raken. Een boek met namen en een nog te vullen jutezak verdeelt de wereld van de kleine wezens die naar pepernoten grijpen. Kleine oren spitsen zich om te horen wie ontvoerd wordt en wie beloond.

Het strooien met snoep zou een verwijzing zijn naar de wil om een zoete toekomst te oogsten.

De hoeveelheid vingers, handen en armen die verloren gingen in de suikerpersen heeft het geklap van vreugde bij de centrale verwarming tot nu toe niet laten verstommen.

Maar elk jaar wordt het de mensen die slaafs herhalen wat hun is verteld moeilijker gemaakt om dat duistere verleden te negeren. De omwentelingen stapelen zich op, de herkomst van anijs en suiker wordt stelliger bevraagd en duidelijker opgemerkt in verhalen en herinneringen die voor velen wereldvreemd voelen en voor weer anderen een afwijzing vormen van hun realiteit. Zij willen blijven geloven dat het van ons was en is en zal blijven.

Ons wordt geleerd om niet met volle mond te praten. Daarom is het eten van pepernoten voor velen een gelukkig moment om te zwijgen over erfenissen van smaak. Om het uitspreken van de waarheid te vertragen en te bestraffen, wordt noeste arbeid verricht. Dwangbuizen worden van stal gehaald om ervoor te zorgen dat onze tanden aan het werk blijven, tongen gewaarschuwd uit de buurt te blijven.

De pepernoot is een lekkernij. Maar voor velen is hij ook bitter, omdat van generatie op generatie het vermogen lijkt te ontbreken buiten het aangereikte snoepgoed te kijken en te luisteren.

Misschien is het tijd om dat los te laten.

Draaiorgel

Guido van Oorschot

Het begon met een geluid in de verte. Er jengelde iets, een ritme vibreerde, flarden muziek waaiden in je oor. Op je peuterbeentjes stormde je eropaf, slalommend langs mannenpantalons en damesderrières. Almaar luider klonk de melodie, steeds venijniger sloeg de trom. Nadat je nog een kinderwagen had omzeild, stond je oog in oog met een wonder. Een kleurrijk gevaarte spuugde muziek. Hoog boven je hoofd sloeg een pop met een stokje de maat. Een ander poppetje danste. Een man van vlees en bloed – pet op het hoofd, peuk in de mond – zwaaide met een metalen bakje.

'Geef die meneer maar een centje,' hijgde je moeder, toen ze je eindelijk had ingehaald.

Het draaiorgel, die tovermachine uit een Hollandse jeugd.

De man met de rinkelende centenbak kon Zwarte Frans heten of Schele Tinus, Sleepbeen of Lange Jan. Aan hun instrument gaven de orgeldraaiers namen als De Arabier, Het Gouwe Koppie of Het Zuurstokkie. Overal in Nederland trof je ze aan, al kwam de bravoure van het orgelvak vooral tot bloei in één stad: Amsterdam.

Maar eerlijk is eerlijk: hoe Mokums het draaiorgelwezen ook lijkt, het begon met de pienterheid van een Belg en een Italiaan. In 1875 verruilde Leon Warnies

G.PERLEE HOLLAND

de Vlaamse Ardennen voor de Egelantiersstraat in de Amsterdamse Jordaan. Hij zwengelde een muziekimperium aan dat dreef op koopmansgeest en innovatie. Eerste stap: Warnies startte een orgelverhuurbedrijf. Tot dat moment werd straatmuziek gedomineerd door *Savoyaards*, ofwel rondtrekkende, sjofele orgeldraaiers. Bij Warnies kon elke ondernemende burgerman terecht voor een puik instrument met de nieuwste hits.

> **De man met de rinkelende centenbak kon Zwarte Frans heten of Schele Tinus, Sleepbeen of Lange Jan.**

Hoofdstuk twee werd geschreven nadat de Italiaan Anselmo Gavioli in 1892 het boekdraaiorgel had uitgevonden. Voorheen produceerde een ronddraaiende cilinder met metalen pennen hooguit anderhalve minuut muziek. Gavioli kwam voor de dag met het zigzag gevouwen orgelboek van karton. Uitgeponste gaten dreven een mechaniek aan dat minutenlang lucht blies in de pijpen.

Het draaiorgel, schreef een tijdgenoot, veranderde van een 'windziek bedelaarsinstrument' in een 'uitnemend werktuig met frisse, heldere klank'.

In de Jordaan durfde Leon Warnies de forse ombouwinvestering aan. Vanuit zijn werkplaats zwermden nieuwerwetse instrumenten uit over het land. Ze legden de basis voor een draaiorgelcultuur die je nergens anders ter wereld vindt.

Toch bleef het straatschuim aan het ambacht kleven. Het draaiorgel heette ook wel pierement, naar het Bargoense woord 'pieren', waarmee twijfelachtige zaken werden bedoeld als stelen, tippelen en muziek maken op straat. De beroemdste

orgeldraaier werd Willem Parel, een Jordanees typetje van de cabaretier Wim Sonneveld, die in zijn jarenvijftighit zong:

Daar is de orgelman, daar is de orgelman
Met z'n pie- pie- piere- pierement
Daar is de orgelman, daar is de orgelman
Met z'n aria's en deuntjes die iedereen kent.

Helaas heeft de in 1954 opgerichte Kring van Draaiorgelvrienden er weinig aan kunnen verhelpen: de kunst van het draaiorgel raakt zoetjesaan passé. De popularisering van 'aria's en deuntjes' is overgenomen door radio, tv, cd en internet.

Als in de openbare ruimte muziek klinkt, komt er doorgaans elektra aan te pas. Toegegeven, af en toe stoeien serieuze hedendaagse componisten met het volkse pierement. Sommige instrumenten kunnen zelfs met software worden aangestuurd. Neemt niet weg dat het draaiorgel een twintigste-eeuwse curiositeit is geworden, rijp voor de collectie van het Utrechtse Museum Speelklok.

Hoe overweldigend bruiste destijds 'Ik hou van Holland' uit de pijpen, in zo'n typisch draaiorgelarrangement van een straf ritme met jolige tussenstemmen.

Hct zijn dc opwindende klanken van een vervlogen kindertijd. Samen met het belletje van de ijscoman en de fanfare die van ver de straat in draait.

Stormparaplu

Frits Abrahams

Ik zit dit te tikken terwijl een zomerstorm met windkracht 9 voorbij mijn werkkamer raast. Code rood voor de kustprovincies, waarschuwt het KNMI. Heerlijk!

In Nederland komen we pas tot leven als er iets te waarschuwen valt, vooral op weergebied. Dan vallen we elkaar kermend van bezorgdheid in de armen, want de Nederlander lijdt het meest door de storm die hij vreest. Het weerbericht is het enige nieuwsbericht waar hij wakker van kan liggen. Zijn favoriete weerman op tv is Peter Kuipers Munneke, omdat die met een ideale mix van Hollandse onbeholpenheid en Hollandse stiptheid zijn werk doet. Als Peter haperend zegt dat de dijken zullen breken, dan bréken ze ook.

Het is dan ook allerminst verbazingwekkend dat de stormparaplu een Nederlandse uitvinding is. In 2006 vonden drie studenten van de Technische Universiteit Delft het antwoord op de vraag die menige voetganger al decennia lang plaagde: valt er nou echt niks beters tegen dit kloteweer te bedenken dan dit kloteparapluutje dat het al begeeft als God twee keer achter elkaar een windje laat? Daar stond je dan met zo'n zielig omgebogen gevalletje waarvan de baleinen als scherpe pijlpunten voorbijgangers bedreigden, terwijl het hemelwater langs je nek gutste.

De paraplu-industrie floreerde dankzij onze gemakzucht en naïviteit. Karel

van het Reve heeft eens met vrucht Philips verdedigd tegen het heersende vooroordeel dat het om commerciële redenen geen eeuwigdurende gloeilampen wilde maken. Hij had gelijk, maar hij zou het moeilijker hebben gehad als hij ook voor de paraplumakers had willen opkomen. Daar denken ze wel degelijk: beter tien paraplu's in de lucht dan één in de hand. Het is goed dat de Delftse technici een einde aan dit monopolie hebben gemaakt.

Mijn kennismaking met de stormparaplu dateert van zo'n jaar of vijf geleden. Ik kocht hem niet bij Senz, het bedrijf van die drie Delftse studenten, maar ik kreeg hem gratis van ING, de bank die zijn spaarders een extraatje wilde geven. Dat was juist in de tijd dat ING in de rode cijfers belandde en met staatssteun overeind moest worden gehouden; dus misschien was die stormparaplu wel een symbolisch cadeau van een bedrijf dat de bui zag hangen.

Hoe dan ook, op een dag stond mijn vrouw – die over het geld gaat – voor me met een afstotelijk oranje geval, een onbestemd soort vlag, waarmee ik voortaan de stormen moest trotseren.

'Ik loop voor schut,' huiverde ik, en ik wees op het ING-logo dat de paraplu ontsierde – voor zover dat nog mogelijk was. Maar ze hield aan: 'Je had toch altijd zo'n hekel aan die luciferhoutjes van vijf euro?'

Bij de eerste de beste storm waagde ik me voorzichtig met mijn nieuwe stormbestendige paraplu op straat. Toen bleek meteen het enige manco van de stormparaplu. Je bent gewend de gewone paraplu met een opwaartse beweging van je hand te openen, maar bij de stormparaplu moet je juist het omgekeerde doen om hem te laten functioneren. Het kostte me even tijd om dit verrassende mechanisme te doorgronden – voldoende tijd om toch nog zeiknat te worden.

Maar de volgende keer wist je het natuurlijk metéén, zult u nu denken. Dan overschat u mij en mogelijk (hopelijk) nog een paar andere onhandige mensen. Vergeet niet dat het maar zelden hevig stormt in Nederland, ook al wil het KNMI ons anders doen geloven. En áls het zo erg stormt, ga ik liever niet naar buiten, zoals op deze middag dat ik dit stukje schrijf.

Volgens mijn grove, maar daarom nog niet onjuiste, berekening komt het erop neer dat de gemiddelde Nederlandse stormparaplubezitter slechts één, hooguit twee keer per jaar zijn paraplu nodig heeft. Dat is te weinig om voldoende routine op te doen, wat betekent dat hij toch nog vaak in vergaande staat van doorweektheid op een straathoek zal worden aangetroffen, worstelend met een vreemd gekant, vaak lelijk gekleurd gevaarte dat alleen uit de verte aan een paraplu doet denken.

In Nederland komen we pas tot leven als er iets te waarschuwen valt, vooral op weergebied.

Maar verder is het een prachtige uitvinding, waarvan er al miljoenen zijn verkocht en waarop Nederland trots mag zijn. Zo verging het mij persoonlijk toen een Amerikaanse toeriste mijn stormparaplu zag en vroeg: 'Wow, waar heeft u die gekocht?'

Ik voelde me opeens heel viriel en onoverwinnelijk worden, een echte Nederlandse man die zijn mannetje stond.

Ik las dat de Delftse uitvinders al nieuwe modellen hebben ontwikkeld, zoals een strandparasol die beschutting moet bieden tegen plotse winden vanuit zee, en een zogeheten drycycle, een op een fietsstuur gemonteerde paraplu. Is een tranenparaplu misschien ook nog een aardig idee? Een klein, snel uitklapbaar parapluutje onder je ogen voor als de ontroering je te machtig wordt?

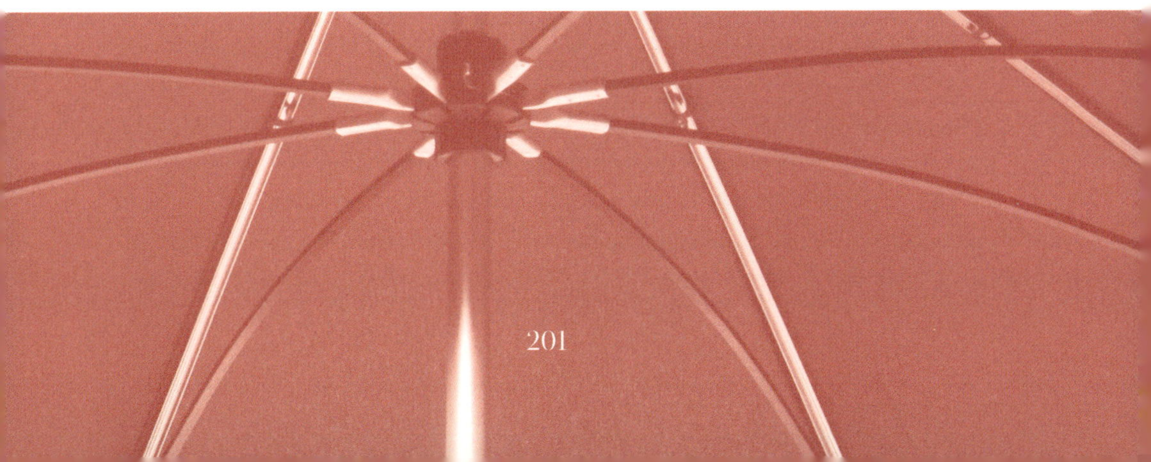

Drop

Thomas Heerma van Voss

Toen ik op mijn achttiende een jaar in Londen woonde – een verandering van omgeving leek me na een heel leven in Amsterdam wel raadzaam – namen merkwaardig veel langskomende vrienden eten voor me mee dat ze als 'typisch Nederlands' omschreven. Of die nadruk op voedsel iets zegt over mijn vriendengroep of over de Nederlandse cultuur, laat ik hierbij graag in het midden. Hoe het ook zij, een vroege klasgenoot drukte al bij Liverpool Street Station een pot pindakaas in mijn handen (hoewel pindakaas in Londen ook gewoon te koop was), van mijn moeder kreeg ik gevulde koeken en mijn toenmalige beste vriend had een grote zak gemengde drop bij zich. Die zak liet ik 's avonds, in mijn campuswoning, met enige trots rondgaan bij mijn pasgemaakte internationale vrienden – een vijftal jongens afkomstig uit vijf verschillende landen. We hingen iedere avond samen rond, verkenden de cafés in onze wijk Camden, speelden computerspelletjes tot de zon opkwam.

Zodra ik ze de dropzak gaf, realiseerde ik me echter dat er een kloof tussen ons bestond die ik, hoeveel uren we samen ook doorbrachten, niet zou kunnen dichten. Het maakte geen verschil welke soort drop ze pakten – de een nam trekdrop, de ander krijtdrop, zoute drop, of honingdrop – nooit heb ik zo'n divers gezelschap zo eenduidig zien reageren. Al die gewoonlijk zo tevreden gezichten, zo stoer en triomfantelijk, sloegen op hetzelfde moment om. Er verscheen een pri-

VENCO

mitief soort walging op hun gezichten, zoals bij kinderen die spruitjes krijgen voorgeschoteld. De Koreaan en de Brit in mijn vriendengroep spuugden de drop meteen uit, in hun handpalm, en wierpen hem vervolgens zonder aarzeling in de prullenbak. Een derde aanwezige – hij was van Italiaanse afkomst, enig theater was hem niet vreemd – schoot zelfs overeind om aan de andere kant van de kamer, geleund over de wasbak, kokhalsgeluiden te maken.

Toen de dropjes eenmaal verwerkt of verwijderd waren, kwamen de verontwaardigde vragen: Dit is toch geen snoep? Wie eet dit voor zijn lol?

Ik wilde een uitgebreid antwoord geven, een betoog houden waarmee ik hun bezwaren in een klap van tafel zou vegen, maar begon te hakkelen. Ik begreep: welke woorden ik nu ook gebruik, ik zal hun smaak niet kunnen veranderen. En tegelijk besefte ik dat het woord 'smaak' veel te eenvoudig was, te marginaal. Het draaide om veel meer, om al die herinneringen die bij mij kwamen bovendrijven, waarvan ik nu ineens zeker wist dat zij die niet konden hebben.

Ik dacht aan de Jip en Janneke-droptrommel op de keukentafel in mijn ouderlijk huis, het ultieme machtsmiddel van mijn oppas: als ik braaf was, mocht ik twee keer iets uit de trommel pakken, als ze me vervelend vond, kreeg ik de hele middag niets. Ik dacht aan de pauzes op de middelbare school, waarin ik met vrienden samen drop kocht, en het grote onderhandelen volgde over wie welke soort wilde; droprollen waren het populairst, ik was gek op trekdrop. Ik dacht aan de talloze uren die ik met mijn beste vriend had doorgebracht, twee tieners druk gamend voor een televisiescherm, tijdens de spaarzame pauzes ongeduldig graaiend in de droptrommel.

Dit is toch geen snoep? Wie eet dit voor zijn lol?

Als ik terugdenk aan die tijd, hoor ik nog de commentator van ons favoriete voetbalspel op de Playstation, en de smaak die ik daarbij proef is die van drop – allerlei soorten door elkaar, maar het duidelijkst toch wel honingdrop; die pakte ik altijd als eerste uit de trommel, en als laatste bleef elke keer de Engelse drop over.

Bij de smaak van krijtdrop dwalen mijn gedachten vanzelf af naar de vele autoritten met mijn vader, wanneer hij me van een schoolfeest haalde of we samen naar een voetbalwedstrijd reden – hij zwijgend achter het stuur, ik zwijgend op de bijrijdersstoel. Soms kwam er geluid uit de radio, en altijd stond tussen ons in een zakje krijtdrop, waar we om beurten uit aten, volgens mij heel rustig, maar toch was de zak altijd leeg als we bij onze bestemming arriveerden.

Daarin is overigens niets veranderd. Nog steeds zitten we regelmatig samen in de auto, nog steeds staat er een zak krijtdrop tussen ons in. Ook de Jip en Janneke-droptrommel staat nog in mijn ouderlijk huis, iets gebutster dan vroeger weliswaar, en er wordt nauwelijks nog uit gegeten.

De laatste keer dat ik mijn beste vriend zag, had hij een zak gemengde drop meegenomen. En terwijl we die in stilte leegaten, lukte het me weer even te geloven dat er, ondanks de volledig verschillende kanten die onze levens zijn op gegaan, niets wezenlijks veranderd was sinds vroeger. Alsof alles wat we de laatste jaren gedaan hadden bijzaak was, zijn baan, zijn hypotheek, mijn schrijfsels, zelfs mijn reis naar Londen.

Van de vrienden die ik daar had zie ik sowieso niemand meer. Meestal denk ik: ach, zo gaan die dingen, mensen komen elkaar op zo'n campus tegen en gaan uiteindelijk weer terug naar hun eigen land, daar valt niets aan te veranderen.

Een enkele keer, in een meer melancholieke bui, denk ik: het komt door de dropzak. Op de avond dat ik die rond liet gaan, werd al duidelijk dat we heel anders waren. Dat ik uiteindelijk terug zou keren naar Nederland, en daar verder zou gaan met mijn oude bestaan alsof ik alleen een blokje om had gemaakt.

Schaats

Maarten 't Hart

Googel je 'patineurs', dan krijg je, als je vervolgens 'afbeeldingen' aanklikt, schilderijen te zien van Jongkind waarop schaatsers staan afgebeeld. Dus zelfs langs de omweg van het Franse woord voor schaatsenrijders, kom je uiteindelijk weer in Nederland terecht.

Toch is de schaats geen Nederlandse uitvinding. De voorloper ervan zou reeds ver voor onze jaartelling in Scandinavië zijn ontstaan. Daar vervaardigde men van geslepen elands- of rendierbeenderen glijders waarmee men zich over het ijs voortbewoog. Hoe deze glijders evolueerden tot ijzeren schaatsen blijft tamelijk duister, maar zeker is wel dat al in de Middeleeuwen veel werd geschaatst in Nederland.

Reeds op oude afbeeldingen en schilderijen, onder andere van de heilige, schaatsende Lidwina van Schiedam – zij komt op het ijs ten val – wordt ijsvermaak (en ijsleed) uitvoerig weergegeven.

Dat schaatsen ons handelsmerk werd, is te danken aan ons klimaat en aan onze waterschaarste. Wij heten weliswaar een waterrijk land te zijn, maar niets is minder waar.

Al ons water is oppervlaktewater, bevindt zich in ondiepe meren, in kanalen, nog ondiepere sloten en in rivieren die telkens uitgebaggerd moeten worden, wil de

VING
ZANDSTRA VING

binnenvaart kunnen floreren. Diepe meren als de Zwitserse Thuner- en Brienzersee bevatten veel meer zoet water dan waarop wij kunnen bogen.

Omdat vrijwel al ons water oppervlaktewater is, bevriest het zodra de vorst invalt vrij snel. Hoe dieper een meer of rivier namelijk is, hoe langer het duurt voordat het water kan bevriezen, daar eerst al het aanwezige water afgekoeld moet zijn tot vier graden Celsius, wil er aan de oppervlakte sprake kunnen zijn van ijsvorming.

Water van vier graden is zwaarder dan water dat warmer is. Dat zware water zakt naar de bodem en er komt warm water omhoog. Dat water koelt ook weer af naar vier graden, om vervolgens af te zinken.

In onze ondiepe sloten is al het aanwezige water bij vorst snel afgekoeld tot vier graden Celsius. Pas dan koelt het verder af en ontstaat er ijs. Wil er op dat ijs geschaatst kunnen worden, dan moet daarop geen sneeuw liggen of vallen.

In ons klimaat valt doorgaans eerst de vorst in en pas als het gaat dooien, meestal zo'n veertien dagen later (het vriest in Nederland hoogst zelden langer dan veertien dagen achter elkaar) krijgen we te maken met sneeuwval.

Mijn vader zei altijd: sneeuw op hal, binnen drie dagen dooi overal. Hij kon het weten, want was er hal in de grond, dan moest hij met een pikhouweel een graf graven. Hij was derhalve blij met sneeuw, anders dan de schaatsers.

Toch doet zich, heb ik met name in de barre winter van 1963 geconstateerd, een merkwaardig verschijnsel voor.

Zodra er natuurijs voorhanden is, halen alle Nederlanders, het schaatsen machtig, hun ijzers uit het vet. Vrijwel iedereen die schaatsen kan, is dan op het ijs te vinden. Maar als de vorstperiode lang duurt, zoals in de winter van 1963 het geval was, zie je al vrij snel verloop. In de eerste paar weken schaatst iedereen, maar daarna hebben de meeste rijders het wel gezien en ligt het ijs er vrij snel weer verlaten bij.

In 1963 heb ik grote tochten gemaakt op doodstille vlieten en plassen. Vrijwel geen mens meer op het ijs te bekennen. Zo was het eveneens in 1957, toen de vorst ook van geen wijken wilde weten. Schaatsen op natuurijs is weliswaar zowat het leukste wat je kunt doen, maar vooral dankzij het feit dat het maar zo zelden kan, en als het al kan doorgaans hoogstens veertien dagen achter elkaar.

Aangezien de schaatsen derhalve ten minste 350 van de 365 dagen in het vet liggen, en in de jaren met kwakkelwinters zelfs het hele jaar door, kun je de vraag stellen of de schaats, toch zo zelden gebruikt (vergelijk dat eens met de kaasschaaf!), al die prachtige schilderijen met ijstaferelen van Jongkind en zoveel andere Nederlandse grootmeesters, en al die hartverwarmende beschrijvingen van schaatspret in de Nederlandse literatuur ten spijt, wel een typerend voorwerp is voor de Nederlandse cultuur.

Het woord schaats is trouwens reeds vrijwel volledig uit het normale spraakgebruik verdwenen. We spreken over schoonrijders en we hebben het, als wij de voorwerpen bedoelen waarmee wij ons, grote tochten makend, over het ijs verplaatsen, steevast over onze noren. Het woord 'noor' impliceert al dat wij spreken over een voorwerp dat van oorsprong uit Noorwegen afkomstig is. En toen die noren nog niet *en vogue* waren, reden wij met z'n allen op Friese doorlopers.

Zal zo'n winter ooit nog aanbreken?

Hoe het ook zij, dankzij de klimaatverandering is het waarschijnlijk gedaan met de ijspret in Nederland. Het is alweer krankzinnig lang geleden dat zich een winter voordeed met zoveel vorst dat er op natuurijs gereden kon worden.

Zal zo'n winter ooit nog aanbreken? Zullen wij onze noren ooit nog uit het vet halen? Of is de schaats inmiddels geschiedenis geworden?

Stroopwafel

Wim Brands

Mijn Duitse grootmoeder maakte elke zaterdagavond aardappelpannenkoekjes. Dat had ze geleerd van haar moeder, toen ze acht jaar oud was. Mijn grootmoeder groeide op voor de Eerste Wereldoorlog, in een groot mijnwerkersgezin in Breslau.

Ik weet nog dat ze me ooit, toen we haring aten, vertelde dat zij vroeger thuis met z'n achten twee haringen deelden. Daar voegde ze aan toe dat er gelukkig altijd meer dan genoeg aardappelpannenkoekjes waren. Simpelweg omdat je niet meer nodig had dan aardappelen, bloem, eieren, zout en peper.

Elke zaterdagavond at ik het ene pannenkoekje na het andere. Als ik mijn ogen sluit, zie ik weer hoe perfect goudbruin ze waren en loopt het water me in de mond. Eigenlijk kon en kan ik me niet voorstellen dat het een armoedeproduct was, zoals mijn grootmoeder niet naliet te zeggen.

Na haar dood heb ik vaak geprobeerd om ze zelf te maken. Het is me nooit gelukt. De eenvoud van het pannenkoekje vereist vakmanschap. Hoeveel aardappelen moet je bijvoorbeeld raspen voor het maken van tien pannenkoekjes? Om nog maar te zwijgen over de juiste verhouding tussen bloem, geraspte aardappel en ei.

Mijn grootmoeder dacht daar nooit over na. Ik denk dat de armoede in haar ouderlijk huis – nette armoede, haast ik me daaraan toe te voegen – een onver-

biddelijke dirigent was, zo onverbiddelijk dat je handen hun werk na een keer toekijken zonder nadenken voortreffelijk deden.

Ik moet aan mijn grootmoeder denken als meesterbakker Cees Holtkamp mij zijn keukens laat zien. Ze zou begripvol geknikt hebben bij Holtkamps opmerking: 'Een bakker gooit nooit iets weg.'

Niets verspillen, het kan niet Nederlandser. Holtkamp vertelt me hoe hij als leerling leerde dat afval niet bestaat.

'Mijn leermeester maakte bijvoorbeeld Haagse puntjes, die zijn samengesteld uit wat overblijft van andere taarten, met daar dan weer een suikerlaagje over.'

Ik ben bij de Amsterdamse meester op bezoek omdat ik geen fatsoenlijke informatie over stroopwafels kan vinden. Waarom bestaat er geen mooie studie over dit bij uitstek Nederlandse object? Jammer dat Johannes van Dam er niet meer is, hoewel ik betwijfel of hij mij veel verder had kunnen helpen. Toen ik een keer thee met hem dronk in een Amsterdams etablissement, keek hij geringschattend naar de koekjes die op het schoteltje lagen en toen hij bij zijn tweede kopje thee weer een paar koekjes kreeg, gooide hij ze verontwaardigd tegen het raam.

Cees Holtkamp weet wel waarom: 'Johannes was geen koekjesman. Koekjes zijn eigenlijk inferieur. Veel koks denken er ook zo over. Toen ik samen met Jonah Freud een boek over koekjes maakte, vond Johannes dat eigenlijk maar onzin. Aan koekjes maak je geen woorden vuil.'

Hij geeft me zijn koekjesboek als ik zijn Amsterdamse winkel later die ochtend verlaat.

Koek was oorspronkelijk een afvalproduct, gemaakt van kruimels en specerijen, lees ik. En: 'Later ontstond daar de stroopwafel uit die we nu kennen. Het is de koek waar geëmigreerde Nederlanders het meest naar schijnen te verlangen.'

Het recept, dat in 1784 voor het eerst opduikt, is net als dat van de aardappelpannenkoekjes van een ontroerende eenvoud. Veel heb je ook hiervoor niet nodig. Gist, melk, witte en bruine basterdsuiker, boter, ei, Zeeuwse bloem, zout, keukenstroop. En een snufje kaneel.

Banketbakkers maken overigens geen wafels. Dat heeft met temperatuur te maken.

'Wafels maak je in een warme, vochtige omgeving,' zegt Cees. 'Dat is voor een bakker niet goed werken, een bakker heeft een koele omgeving nodig. Vandaar dat wafelbakken een apart vak is.'

Wie er begon met dat vak, is lastig vast te stellen. Wat we weten is dat in de achttiende eeuw in een Hollandse stad als Gouda verschillende bakkers begonnen te experimenteren met wafels. Te experimenteren met wat overbleef. Kruimels, stroop.

De reden laat zich raden, zegt Holtkamp.

'Gouda was in de achttiende eeuw zo arm dat ze wel moesten. Vanwege die armoede staan er overigens in Gouda nog steeds zoveel historische gebouwen. Ze waren gewoonweg te arm om te slopen en te vernieuwen.'

Ons gesprek vindt plaats op de bovenste verdieping van het pand waar de firma Holtkamp in Amsterdam is gevestigd. De bakker woont boven de winkel en de keukens, die dezer dagen door familieleden worden geleid.

Er is weinig verbeelding voor nodig om ons op deze hoogte, uitkijkend over de historische binnenstad, in de zeventiende eeuw te wanen. Gouda is ook niet ver. Hardop piekeren we over de vraag waarom de stroopwafel bij uitstek Nederlands is. Waarom zijn buitenlandse stroopwafels bijna altijd te hard?

'Ze hebben in het buitenland geen goede, goedkope keukenstroop,' zegt Holtkamp. 'En laten we een ander belangrijk bestanddeel niet vergeten: Zeeuwse bloem. Dat is inferieure bloem, je kunt er geen fatsoenlijk brood mee bakken. Johannes van Dam vond daarom de stroopwafel ook maar niks. Zeeuwse bloem, het idee alleen al.'

Of ik nu misschien snap waarom koekenbakker een scheldwoord is, vraagt Cees. Dat is me duidelijk, maar merkwaardig is het wel, als je beseft hoe moeilijk het bakken van een goede wafel is.

Ook een vieze stroopwafel is nog steeds op een bepaalde manier lekker.

'Ik krijg vaak mails van mensen die hebben geprobeerd wafels te bakken en klagen dat de stroop eruit liep of dat de wafels te dik waren. Ik vind het zelf ook een kunst, hoor. Timing is zo ontzettend belangrijk. Je moet het in je vingers hebben. Kijk, we hebben net een garnalen- en een kalfsvleeskroketje gegeten. Tegenwoordig gebruik je daarvoor een klok-

je. Maar de wafelbakker werkt op gevoel. Op intuïtie. Net als je grootmoeder, als ze aardappelpannenkoekjes bakte.'

'Weet je,' zegt Cees, 'wat eigenlijk het bijzondere is van de stroopwafel? Ik ben beslist een fijnproever, maar ook een vieze stroopwafel is nog steeds op een bepaalde manier lekker. Dat heeft met de eenvoud ervan te maken. Nu ga ik niet zeggen dat het altijd een eerlijk Nederlands product blijft. Maar wat het wel Nederlands bij uitstek maakt, is het spaarzame dat zo bepalend is voor de wafel.'

Ineens vind ik het jammer dat Kees Fens niet meer leeft, de letterkundige, die met Holtkamp bevriend was. Fens had als geen ander kunnen mijmeren over de stroopwafel – hoewel hij eigenlijk meer een haringeter was.

In de geest van Fens proberen we ons voor te stellen hoe het was, Gouda in de achttiende eeuw, die arme stad, waar talloze wafelbakkers waren gevestigd, veel meer dan je nu op een doorsnee Nederlandse markt tegenkomt. Een schrale tijd moet het zijn geweest, schraal en calvinistisch.

Het hoge woord is eruit.

'Zie een van die bakkers in dat arme Gouda aan het einde van een werkdag,' zegt Cees. 'Hij overziet de bakkerij, de resten... En vraagt zich af wat hij daarmee nog kan maken. De stroopwafel is in zekere zin een kroonjuweel van het calvinisme.'

Blokje kaas

Youp van 't Hek

Het blokje kaas. Het beste Hollandse kroeggezelschap. Vooral als je met wat goede vrienden rond de toog staat en niet met volle mond wilt praten. Je verorbert het met gemak. En het stilt de prettige trek waar je na een fluitje of twee altijd last van krijgt. Voor je het weet staat het er. Het is altijd wel door iemand besteld. Of de goede barkeeper ziet dat het gezelschap eraan toe is.

Het blokje kaas is niet compleet zonder een paar dikke plakken leverworst. En natuurlijk de onvermijdelijke dot mosterd. Goede, scherpe mosterd. Niet met een modieus honingsmaakje of een andere volstrekt overbodige toevoeging. Gewoon mosterd. Mag wel een grove korrel in zitten. Maar dat hoeft niet.

Het blokje kaas is het beste zuipgezelschap. Prikkertje erin en voor je het weet is het schaaltje leeg en knik je naar de barman dat je nog wel zo'n portie wilt.

Het blokje kaas hoort bij Nederland. Bij het café, maar zeker ook bij de voetbalkantine, het hockeyclubhuis en de sociëteit van de studentenvereniging.

Volgens mij is het het eerste borrelhapje dat ik als kind leerde kennen. Het werd gegeten als een van mijn ouders jarig was en de kamer gevuld was met veel lawaai makende tantes en ooms. Op een gegeven moment mocht jij als kind rond

met de schaal met blokjes kaas. Mijn moeder had ze wel wat chiquer gemaakt. Stukje gember op de kaas geprikt.

Goedbedoeld en bij zo'n verjaardag paste het wel, maar in de kroeg wil ik dat gemuts niet. Rechttoe, rechtaan kaas. Kaas met prikker. En geen vlaggetje aan het prikkertje. Dat is voor toeristen. Of voor op de haring. Dan mag het. Maar het blokje kaas moet zo simpel mogelijk gepresenteerd worden.

Welke kroegbaas er wanneer mee begonnen is? Geen idee. Volgens mij hoort het al eeuwen bij ons land. Het zogenaamde bittergarnituur. Heerlijk woord trouwens. Bittergarnituur. Het beste bord maakte Koos Huizenga, de legendarische in 2015 overleden Groningse kroegbaas. Hij presenteerde in alle door hem opgerichte prachtkroegen een mooi bord met pittige kaas en droge worst. Worst met zo'n velletje. Als Koos dat 's avonds laat op je tafel zette, terwijl je met je gezelschap de actuele politieke vraagstukken doornam, dan was je even in de hemel. Precies de juiste smaak voor de geoefende drinker. Droge worst, scherpe mosterd en een goed belegen kaas. Niet een of ander laf kussentje waar kraak noch smaak aan zat, maar kaas zoals kaas hoort te zijn. Kaas waar je weer dorst van krijgt, zodat je wel moest drinken.

Ik vind een haring in Meppel al discutabel. Die moet aan zee!

Heb in de loop van mijn leven regelmatig opgetreden op Nederlandse clubs in verre buitenlanden. Van Peking tot Brunei en Nairobi. Daar zijn veel heimweemensen, die verlangen naar de sfeer van ons land. Dus na afloop was er bij de borrel vaak een ingevlogen bitterbal en sowieso het blokje kaas. Hollandse kaas welteverstaan. Geen Emmentaler of andere aanstellerij. Goede Goudse of Edammer. Dat smaakt naar toen. Naar thuis. Naar veiligheid. Ik vond het in die hitte nooit lekker, maar dat lag aan mij. Ik vind een haring in Meppel al discutabel. Die moet aan zee!

Zuurtje erbij? Ik bedoel een stukje augurk. Voor mij hoeft het niet. Tomaat en komkommer mogen van mij ook in de keuken blijven. Veel te veel gehannes. Gewoon kaas. Hollandse kaas aan een houten prikkertje.

Over zuurtjes gesproken: ooit sprak ik in het onvolprezen Stadskanaal een aardige vrouw die vertelde waarom het in haar jeugd uit was gegaan tussen haar en haar vriend. Dat kwam door zijn familie, die een keer een avond iets kwam vieren.

Zij verdween in de keuken om een schaal met kaasblokjes, plakken leverworst en zure bommen te maken. Dat werd in hoog tempo verorberd. Er was geen kritiek. Hoewel?

Toen ze voor de tweede ronde naar de keuken verdween, had de familie toch even fluisterend overlegd. Ze had iets fout gedaan. Ze sneed de bommen te breed. Conclusie van de familie: geen zuinig meisje.

Toen het bezoek weg was, spuide haar vriend de kritiek van vooral twee spaarzame schoonzussen. De bommen waren echt te breed gesneden. Dat was geen zuinige vrouw. Daar kon haar vriend failliet aan gaan. Voor haar een mooie reden om diezelfde week al te vertrekken.

Elke keer als ik een schaal vol kaas voorbij zie komen, kijk ik even hoe de bommen gesneden zijn en kan ik een glimlach niet onderdrukken. Maar het liefst heb ik de kaas zonder zuur. Gewoon kaas. Mooie vierkante of slanke rechthoekige blokjes. Beetje mosterd en ik ben gelukkig. Maakt niet uit waar die kroeg staat. Dokkum, Groede of Geleen.

Een goed stuk kaas en ik ben thuis!

Sjoelbak

Herman Pleij

De sjoelbak behoort tot de vaste attributen van het Nederlandse gezin met kinderen. Als die het huis uit gaan, verhuist hij naar zolder, om tijdens hoogtijdagen als Kerstmis en Nieuwjaar weer even beneden het warme gezinsgevoel op te roepen.

Hebben zich onder de nakomelingen nieuwe gezinnen gevormd, dan verdwijnt de sjoelbak naar de volgende generatie. Dat betekent niet dat de oorspronkelijke bezitters nu verlost zijn van het competitief schuiven met schijven in een houten bak. Om de groeiende eenzaamheid te lenigen, opent het bejaardenhuis ruime mogelijkheden om de verworven vaardigheden opnieuw te demonstreren, maar nu in strijd met lotgenoten.

Mocht er geen nageslacht zijn, dan krijgt de sjoelbak nog een tweede kans op de vrijmarkten van Koningsdag. Daar struikelt men algauw over een keur aan antieke en moderne bakken, die ook nog eens ter plekke tegen betaling bespeeld mogen worden om een prijs.

Wordt de sjoelbak ten slotte door dit langdurige transport door de generaties wat sleets, dan dient men geruime tijd uit te trekken om een keus te maken uit de liefst 28 nieuwe modellen in de huidige markt. Maar een sjoelbak hoort er te zijn. Deze is het sociale smeermiddel bij uitstek in het Nederlandse huisgezin, met zijn veelzeggende uitwaaiering naar de bejaardenopvang en vrijhandel.

Dertig schijven moeten in een houten bak over een glad oppervlak in vier poortjes geschoven worden met verschillende puntenwaarde: 2-3-4-1. Daarvoor krijgt men drie beurten, teneinde nog niet gearriveerde schijven alsnog naar binnen te werken. Zo'n volgende beurt heet 'onderbeurt', wat klinkt als een begrip uit de ziekenverpleging, maar hier toch begrepen moet worden als afgeleide en dus mindere beurt. Winnaar is degene met het hoogste aantal punten, waarbij ook nog eens een speciaal bonussysteem geldt: hoe evenwichtiger de schijven over de vier vakken zijn verdeeld, hoe meer verdubbelingen men in de puntentelling scoort.

Dat de sport juist in Nederland zo'n succes is, valt al meteen af te leiden uit de hoge organisatiegraad. Er is een Algemene Nederlandse Sjoelbond, gelieerd aan het NOC*NSF en dus niet alleen erkend op het hoogste niveau, maar ook bezeten van olympische ambities. Verder zijn er meer dan honderd verenigingen, bestaat er een competitie en worden er toernooien georganiseerd. Ook is er een Nederlands kampioenschap, terwijl wij nooit ontbreken op een WK. Die mondiale krachtmeting wordt steevast door Nederlanders gewonnen. Het wereldkampioenschap van 2015 speelde zich af in Tsjechië, waar onze landgenoten zowel bij de mannen als bij de vrouwen het eremateriaal veroverden.

Sjoelen wordt dus ook beoefend in andere landen, zoals België, Frankrijk, Engeland, Duitsland en Tsjechië. Maar kennelijk ontbreekt daar het brede draagvlak – gelukkige beeldspraak – van de miljoenen beoefenaars in gezinsverband.

Op zichzelf zijn zulke schuifspelen op een glad oppervlak (zelfs bevroren water) naar een verkaveld puntenvlak al vanaf de Middeleeuwen in heel Europa bekend. Maar de variant in de houten bak op huiskamerformaat als familiaal gezelschapsspel wijst naar de populariteit van het kerngezin in de Nederlandse samenleving, al van eeuwen her.

Deze muurvaste hoeksteen domineert nog steeds het dagelijkse leven en vormt ook de verklaring voor tal van nationale eigenaardigheden. Met de caravan, de thuisbevalling en het lage percentage vrouwen in topfuncties trekt Nederland mondiaal de aandacht. Dergelijke gedragingen en rolverdelingen vloeien voort uit de dwingende eisen die het omheinde leven van vader, moeder en de kinderen stellen.

Binnen die gezinscultuur is het sjoelen als typisch Nederlandse variant van de schuifspelen ontwikkeld. In zijn huidige vorm wordt het spel vanaf de eerste helft van de negentiende eeuw gemeld, met mogelijk een vroege start in Friesland.

Het woord 'sjoelen' laat zich afleiden van het Friese *sjoel[j]e*, wat staat voor 'schuivend voortbewegen'. In andere landen is de sjoelbak duidelijk een importartikel, nog zichtbaar in het Franse *billiard Hollandais*. Dat de Duitsers het merkwaardig genoeg hebben over *jakkolo* – gewoon sjoelen – moet begrepen worden als afleidingsmanoeuvre. Het sjoelen is gewoon een schuifspel, dat naar het geïdealiseerde gezinsleven van Nederland is omgebogen. Iedereen kan meedoen, vanaf een jaar of zes tot aan de dood. Daarbij ziet niemand er een probleem in dat zowel de kleinen als de bejaarden de handen wat bijgestuurd krijgen door een viever familielid. Je hoeft er dus niet voor achteruit te kunnen schaatsen en tegelijkertijd met een stoffertje de baan aan te vegen voor een plompe schijf (curling, nota bene een olympische sport).

Het sjoelen is optimaal ingericht voor ruzie en verzoeningsrituelen.

Verder leent de competitie zich voor eindeloze disputen en lichte vormen van ruzie. Daar zijn we in Nederland goed in. Iedereen heeft over alles een mening, of het nu gaat over Zwarte Piet, bootvluchtelingen of de jurk van Trijntje Oosterhuis op het Eurovisiesongfestival.

Dat principiële gevoel van gelijkwaardigheid en de erkenning van het basisrecht om gehoord te worden, hebben ons land een ongekende ideeënrijkdom bezorgd, die de grondslag vormt voor een al eeuwenlang aanhoudende welvaart. De pragmatiek van de overheersende koopmansmoraal blokkeert namelijk diep invretende conflicten en de bijbehorende wraakzucht, waardoor de hang naar onenigheid en dispuut telkens doelmatig landt in de bedding van een sterk vermogen tot het sluiten van compromissen. Die lopen dan van regenboog- en stroopwafelpieten via een bovenproportionele deelname aan internationale vredesmissies naar een hobbezakpak voor Trijntje.

Het sjoelen is optimaal ingericht voor ruzie en verzoeningsrituelen. Liggen de spelregels sinds 1977 vast in de reglementen van de Sjoelbond, in de gezinspraktijk wijkt men hier graag van af – op huiselijk niveau weten wij in principe alles beter.

De bekendste aanleiding voor dispuut is de behandeling van de slechts deels ingedaalde schijven, die daardoor nog in de poortopeningen hangen. Die probeert men er dan alsnog in te vingeren door met de wijsvinger langs de poortjes te ritsen. Maar menigeen kan daarbij de verleiding niet weerstaan om de schijven wat langer met de vinger (soms meer dan één) te manipuleren en zo als het ware het achterliggende vak binnen te frommelen.

Veel commotie geeft ook het te hoog opdringen van de schuifhand. Om dergelijk misbruik tegen te gaan is er boven het loopvlak een dwarslat gemaakt, die moet verhinderen dat men te ver oprukt en de schijf te dicht bij de poortjes loslaat. Maar de meer gewieksten onder de spelers wurmen hun hand razendsnel onder de lat door en laten dan pas los. Fout! Alleen, wie heeft het goed gezien? En daar gaan we dan weer – ieders mening is immers evenveel waard.

Ook ontstaat gauw onenigheid over de bonusberekeningen bij de puntentelling, die in het officiële circuit wat merkwaardige bijzonderheden kent bij het bereiken van het maximale aantal punten in drie beurten. Nu komt dat in gezinsverband vrijwel nooit voor, maar hier en daar wenst men toch van zulke voordelen te profiteren – vergelijk de nationale spaarzegeldrift in het grootwinkelbedrijf. Alleen begrijpen vooral de jongere en oudere spelers deze voordeelregelingen niet ten volle, iets waarbij ze zich overigens naar goed vaderlands gebruik niet zomaar neerleggen. Bijgevolg lanceren ze uiteenlopende interpretaties, die altijd aan het eigen voordeel beantwoorden.

Ten slotte levert het scoren van een zogenaamde 'bok' grote onenigheid op. Een schijf stuitert de bak uit of belandt op een andere en mag dan niet meer meedoen. Dat veroorzaakt niet zelden hevige verontwaardiging, omdat men de oorzaken daarvan meteen toeschrijft aan omstandigheden die buiten de eigen

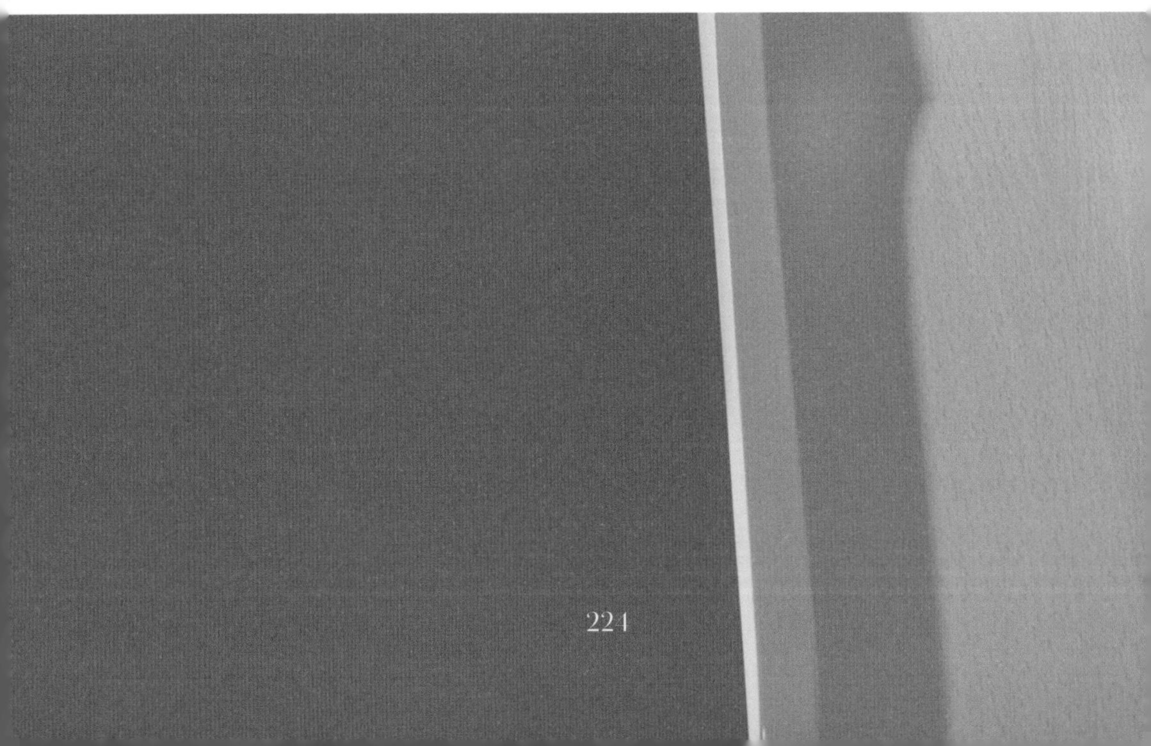

verantwoordelijkheid vallen of zelfs te wijten zijn aan de kwaadwilligheid van de medespelers: men is aangestoten door een ander, het materiaal is inferieur, er stak juist een windvlaag op – sjoelen is ook een buitensport, desnoods met alleen het raam open.

Met zo'n variëteit aan twistpunten is het dispuut snel geboren. Daarbij plaatst elke gezinslid de ingenomen positie graag in een breder verband van klachten over elkaar: jij speelt altijd vals, het hele huis zakt in elkaar van achterstallig onderhoud, je zet voortdurend ramen en deuren tegen elkaar open, mijn hele leven speelt zich af in windkracht negen. Maar de verzoening ligt al in het speelse samenzijn opgesloten, het moet tenslotte wel gezellig blijven.

Al met al frist een partijtje sjoelen in het gezin de boel danig op – het klaart de lucht en doet bestaande spanningen wegebben, die anders ondergronds blijven doorwoekeren. Langs die wegen voldoet sjoelen aan de idealen en ambities van een gezinsleven dat in Nederland als nergens anders ter wereld de primaire uitdrukking is en blijft van een volmaakt bestaan.

Kroket

Ronald Hoeben

Juni 1957
Vanaf de hoge barkrukken aan de marmeren toog in de eetsalon overzie ik het complete landschap van het Hollandse broodje. De bleekwitte kadetjes zelf liggen opgetast tegen de binnenkant van het vitrineglas, naast een schaal boter met een lepel erin. Daar weer naast de schalen met rosbief, tartaar, lever, ham en pekelvlees. Mannen en vrouwen in witte slagersjassen zijn druk in de weer, alle bereidingen – voor zover je daarvan kunt spreken bij het beleggen van een broodje – vinden letterlijk onder de neus van de gasten plaats.

Tussen de langsvliegende hamplakken en het prakken van tartaar op de broodjes, heb ik uitzicht op het keukenluik, een omlijst gat in de achterwand van de zaak, waar een van de bedienden regelmatig het hoofd in steekt om er een warme bestelling doorheen te roepen. Wat zich in de keuken achter het luik afspeelt, is vanaf de kruk niet zichtbaar, maar wat ik wel weet is dat daar straks, wiebelend op een wit schoteltje, mijn pasgeboren kroket zal verschijnen.

De kroket! Wonder van verrukking!

Ik rek de sensatie maximaal door eerst een gat in een van de uiteinden te maken en met een koffielepeltje te gaan graven. De dampende, grijsbruine delfstof deponeer ik ter afkoeling op het schoteltje, tot ik een krokante huls overhoud die inmiddels zodanig is afgekoeld dat die direct gegeten kan worden.

De procedure is precies omgekeerd als bij een gevulde koek, waar je je naar het lekkerste midden van amandelspijs toe eet door rondom eerst de droge randen weg te werken. Maar dit terzijde.

N*ovember 1964*
In afwachting van de Maarsse & Kroon-bus naar het verderfelijke Amstelveen, waarnaar ik onvrijwillig verhuisd ben, trek in een kroket uit de automaat op de hoek van de Nieuwendijk. Ik ken mensen die er met een paar slimme, synchrone handelingen in slagen om na één geldinworp twee automaatluikjes tegelijk open te trekken, maar dat is mij nog nooit gelukt. Het enige wat ik kan doen, is alle bruinbevlekte raampjes inspecteren waarachter de kroketten in hun hete hokje liggen, om er de dikste uit te kunnen zoeken.

Zodra mijn kwartje is gevallen, ben ik eigenaar van een kroket die weliswaar fors van formaat lijkt, maar ook verdacht licht aanvoelt. Bij de eerste hap blijkt al waarom: boven de even draderige als korrelige vulling is een zolder van lucht ontstaan.

In de motregen onder het straatnaambordje Martelaarsgracht werk ik mijn aankoop toch maar naar binnen. Onderweg zal blijken dat de kroket mij eerder wil verlaten dan ik uit de bus had willen stappen.

Welbeschouwd is de kroket een wonder van kokskunde: een romige vulling die wordt omsloten door een krokant frituurpantser. De consumptie ervan vereist enig beleid: wie te gretig hapt, riskeert een tongblaar, een sliert ragout op zijn jas of een combinatie daarvan. Niettemin wordt het leeuwendeel van de Hollandse kroketten snel en gedachteloos in voetbalkantines, treinstations en op bushaltes naar binnen geschoven.

Het is nog maar de vraag of al die consumenten zo'n pasgeboren kroket uit de eetsalon, gemaakt van bouillon, room, boter en echt vlees zouden weten te waarderen en of ze er een paar dubbeltjes meer voor over zouden hebben.

De kroketten zoals ze nu zijn, warm en hartig, zowel krokant als zacht, voldoen blijkbaar al helemaal aan de verwachting. Als troostvoedsel, de Nederlandse variant van *comfort food*. Precies waar ik naar op zoek was op de hoek van de Martelaarsgracht.

Omdat nergens ter wereld zoveel kroketten gegeten worden als in Nederland, zou je kunnen denken dat het een Nederlandse uitvinding is. Dat is het niet. Toch bestaat de kroket zoals wij die kennen alleen in Nederland.

Aanvankelijk waren het slagers en banketbakkers die ze maakten, beiden vanuit een ander perspectief. Een slager heeft altijd vlees over en de kroket was een fraaie manier van restverwerking: zowel de vleesbouillon als het vlees waar de bouillon van gemaakt was, verdween in de kroket. De banketbakker daarentegen moest juist vlees kopen om in zijn kroketten te kunnen verwerken.

Zo ontstond het verschil tussen een slagers- en een banketbakkerskroket, te herkennen aan het draadjesvlees in de slagersvariant en de blokjes vlees die de banketbakker sneed.

Die kenmerken vervaagden toen de industrie zich op de kroket ging werpen en hij voortaan machinaal en louter vanuit het handelsperspectief gemaakt werd. We zijn tenslotte in de eerste plaats een volk van handelaren dat graag ergens aan verdient. De verkoopbaarheid is daarbij de maatstaf voor kwaliteit. De snackindustrie is hier een lichtend voorbeeld van.

De fabrikant zoekt de allergoedkoopste grondstoffen uit die hij kan bedekken met een kleurige paneerlaag. Vergelijk de ingrediëntendeclaratie op een pak diepvrieskroketten met het boodschappenlijstje voor het zelf maken van een portie bonafide kroketten en het lijkt of de fabrikant het met veel meer toevoegingen ingewikkelder gemaakt heeft. Tot je ziet dat hij de ziel van de kroket heeft weggelaten: vlees, room en boter.

Een slager heeft altijd vlees over en de kroket was een fraaie manier van restverwerking.

De wetgever neemt hier de rol aan van Schraalhans de keukenmeester, want hij staat toe dat 'vlees' voor de helft mag bestaan uit bindweefsel en vet, de klassieke afvalproducten uit de slagerij. Ontbreekt het voorvoegsel 'rund', dan kan er zelfs een willekeurige keus uit de Ark van Noach gemaakt worden, waardoor paarden, kalkoenen en duiven elkaar kunnen ontmoeten in het kleine broertje van de kroket, de bitterbal.

Waar op de verpakking sprake is van 'boordevol mals rundvlees', slagen onderzoekers er niet eens in om met behulp van een fijne zeef vleesflinters te detecteren en verzeilen de fabrikanten in een welles-nietesstrijd of er nu vierenhalf of vijf procent 'vlees' verwerkt was.

Ziehier de geknakte reputatie van een delicatesse die roemloos in de snackbarvitrine en de diepvrieskast van de supermarkt terechtkwam, naast al die andere frituurschepsels die je alleen in Nederland vindt, zoals de bereklauw, de henny penny, de bamischijf en de frikadel.

Twee fameuze kroketmerken, ooit elkaars concurrenten, komen inmiddels uit dezelfde fabriek en ook zij zijn bij de test in het gekrakeel over vier of vijf procent 'vlees' beland.

De vraag is: hoe erg is dat allemaal?

We kunnen trots zijn op onze krokettenindustrie, want die doet uitstekende zaken. Alleen jammer van de kroketten.

Tompoes

Janneke Vreugdenhil

Gehannes met twee lagen schilferende koek, ertussenuit floepende vla en aan vorkjes klevend glazuur. Een tompoes laat zich nauwelijks fatsoenlijk eten. Toch zijn wij Nederlanders er dol op. Valt er iets te vieren in ons land, een verjaardag, een jubileum, een nationale feestdag, een voetbaloverwinning, dan is hij erbij, zijn glanzende barbieroze opperhuid naar gelang de gelegenheid verkleurend naar knaloranje. Maar hoe Nederlands is dit gebakje eigenlijk? Waar komt het vandaan? En hoe komt het aan zijn naam?

Grappig dat u dat vraagt, want ik wilde het net vertellen. Het is een lang en tamelijk ingewikkeld verhaal, maar ik zal proberen het zo kort en duidelijk mogelijk op te schrijven. Er zitten trouwens wel een paar vaagheden in, want zo gaat dat nu eenmaal in de geschiedschrijving. We weten niet alles zeker. Hoe dan ook, laat ik u om te beginnen meenemen naar halverwege de negentiende eeuw.

Er was in die tijd een dwerg genaamd Charles Sherwood Stratton. Deze 63,5 centimeter metende Amerikaan maakte internationaal furore als circusartiest. Hij noemde zichzelf General Tom Thumb, en toen hij enige tijd in Parijs verbleef, werd dat Tom Pouce. Stratton moet een man met een flinke dosis zelfspot zijn geweest, want niet alleen is zijn artiestennaam een directe verwijzing naar het Franse sprookje Petit Poucet (Klein Duimpje) van Charles

Perrault, een van zijn belangrijkste acts betrof een imitatie van Napoleon, ook bepaald geen titaan.

In 1857 trad Tom Thumb op in Nederland, alwaar hij danig in de smaak viel bij het publiek. Dat verleidde een Amsterdamse banketbakker ertoe een van zijn nieuwste creaties naar de generaal te noemen. Het ging om een gebakje dat was geïnspireerd op de Franse gâteau de mille-feuilles, een ronde taart gemaakt van bladerdeeg met room ertussen gemetseld en glazuur erbovenop. Zo'n taart heette ook wel een Napoleon. Eén en één is twee, zou je zeggen. Taart heet Napoleon, artiest heet Tom Pouce, artiest doet Napoleon na, bakker vernoemt klein versie van taart naar artiest. Voilà, de tompoes.

Er is echter ook nog een andere lezing mogelijk. Het Van Dale *Groot Woordenboek der Nederlandse Taal* verwijst weliswaar ook naar Tom Thumb en het sprookje van Charles Perrault, maar rept met geen woord over Napoleon. Wel wordt gerefereerd aan het beruchte kruimelen van bladerdeeg. Klein Duimpje, weet u nog, probeerde door broodkruimeltjes te strooien de weg naar huis te markeren. Zou dat misschien de reden zijn geweest waarom de Amsterdamse banketbakker voor deze naam koos?

De consumptie ervan tart elke vorm van etiquette.

Zoals gezegd, we weten niet alles zeker. Ook over de herkomst van de naam voor de Franse taart bestaat twijfel. Napoleon zou net zo goed kunnen verwijzen naar de kleine keizer, als naar het Franse adjectief voor de stad Napels. Hoewel het onbetwist de Franse chef Francois Pierre La Varenne was die in de zeventiende eeuw voor het eerst beschreef hoe hij *pâte feuilletée* maakte, waren namelijk ook de Napolitanen bijzonder bedreven met bladerdeeg. Meestal wordt aangenomen dat de taart oorspronkelijk Napolitain heette, en dat hij later omgedoopt is tot Napoleon.

En als u mij nog even een terzijde toestaat: wat een uitvinding was dat bladerdeeg! Hoe bedenkt iemand dat je deeg telkens kunt opvouwen met extra boter ertussen, zodat na het bakken een knisperend, luchtig gebak ontstaat met duizend laagjes? Nou ja, om precies te zijn waren het er bij La Varenne 729.

Het recept werd door de achttiende-eeuwse Franse chef Antoine-Marie Carême verfijnd, waarna de twintigste-eeuwse Andre Guillot de vouwtechniek nog eens vervolmaakte en 2048 laagjes wist te bouwen. Daar denk je over het algemeen niet bij na hè, wanneer je een hap tompoes in je mond schuift?

Afijn, laten we niet al te ver afdwalen. Om uw belangstellende vragen te beantwoorden: de tompoes, of tompouce zoals het woord vroeger werd gespeld, is een kleine versie van de grotere, Franse *gâteau de millefeuilles* en genoemd naar een Amerikaanse dwerg. (Overigens noemde Marten Toonder zijn beroemde stripkat weer naar het gebakje. En waarschijnlijk is Tom Poes op zijn beurt weer verantwoordelijk voor de in de loop van de vorige eeuw veranderde schrijfwijze. Tom Pouce werd tompouce werd Tom Poes werd tompoes.) Niet heel erg specifiek Nederlands dus.

Feit is dat over de hele wereld soortgelijke bladerdeeg-met-room-en-suikerglazuur-taartjes worden gegeten, vaak met variantnamen op millefeuille en Napoleon. Dat we hem toch tot het vaderlands culinair erfgoed mogen rekenen, is in elk geval deels de schuld van de Hema, die zeker tien miljoen roze-gele baksteentjes per jaar omzet. Mede dankzij deze prijsbewuste winkelketen kon de tompoes van exclusief taartje bij de banketbakker uitgroeien tot volksgebak.

Ons ben zûnig en 75 cent voor zo'n traktatie is geen geld.

Toch komt hier nog iets anders om de hoek kijken. Zou de tompoes zijn populariteit niet ook een beetje danken aan het gegeven dat hij zich niet netjes laat eten? Je zou wellicht zelfs kunnen stellen dat dat nu juist zijn charme is. Reden waarom Nederlanders er zo gek op zijn. De consumptie ervan tart immers elke vorm van etiquette, de formele regeltjes waar wij zo'n broertje aan dood hebben.

Een tompoes eet je niet, je peuzelt hem op. Of, zoals columnist Nico Scheepmaker het ooit beschreef: 'Een tompouce kan men niet eten, men moet hem demonteren.'

Als het om tompoezen eten gaat bestaat er geen 'hoe het heurt'. In de Hollandse huiskamer is elke aanvalswijze salonfähig. Een in de praktijk regelmatig te observeren benadering is bijvoorbeeld om de geglazuurde laag eraf te halen en onderop te plakken. Op deze manier kun je, mits in het bezit van flexibele kaakspieren, zonder al te veel geknoei een hap nemen.

Bij een ongegeneerde variant hierop gaat eveneens het roze deksel eraf, maar wordt vervolgens met het gebaksvorkje de helft van de gele room overgeheveld

zodat er als het ware twee taartjes ontstaan. Garant voor geklieder, maar hee, het is feest en dan laten we graag de teugels vieren.

De meest decente manier – want dat wilt u natuurlijk ook nog weten, en terecht – om een tompoes soldaat te maken, is volgens mij om hem op zijn kant te leggen, zodat het vorkje een voor een de bladerdeegbarrières kan passeren zonder dat de room ertussenuit giechelt. Hoewel ook hier een paar rondvliegende schilfers onvermijdelijk zijn, zou dit een aanbevelenswaardige benadering kunnen zijn voor het geval men, laten we zeggen, op thee met tompoezen wordt uitgenodigd bij de koningin.

Bij de koningin, ja. Want natuurlijk worden ook op het koninklijk paleis tompoezen gegeten. Daar twijfel ik dan weer totaal niet aan. Waarschijnlijk komen ze niet van de Hema, maar van hofleverancier Holtkamp – wiens tompoezen, het moet gezegd, ook werkelijk onovertroffen zijn.

En waarschijnlijk zijn ze oranje, want zo zijn de Oranjes wel. Nederlands volksgebak, maar dan graag in de eigen clubkleuren.

Geranium

Bram Bakker

Sommige woorden gebruik je achteloos, zonder dat je precies weet wat ze betekenen. Dat bedacht ik me pas toen het verzoek kwam iets over de geranium te schrijven. Hoewel ik de uitdrukking 'achter de geraniums zitten' goed begrijp en zeer regelmatig gebruik, is mijn kennis van de geranium uiterst beperkt.

Het houdt eigenlijk op bij: een kamerplant. Maar of ze de vensterbank sierden bij mijn grootmoeders, die een huis vol planten hadden, weet ik al niet. Ik heb geen flauw benul hoe een geranium eruitziet. Het is vast een plant met gekleurde bloemetjes, maar dat geldt ongeveer voor iedere kamerplant, toch?

De uitdrukking 'achter de geraniums zitten' is veel bekender dan de geranium zelf, is mijn inschatting. En door hierboven de geranium onbewust aan mijn oma's te linken, laat ik al direct zien hoe sterk de plant in ons collectieve bewustzijn wordt geassocieerd met ouderdom.

Het is een schitterende uitdrukking, dat achter de geraniums zitten. Via het Genootschap Onze Taal leer ik dat er vergelijkbare uitdrukkingen zijn, zoals 'achter de kachel blijven' en 'achter de toonbank liggen'. Ook aardig, maar veel minder beeldend dan de metafoor met de gera-

niums. En waarschijnlijk daardoor ook veel minder bekend, die zegswijzen met overeenkomstige strekking.

Je kunt je moeiteloos het schilderij voorstellen waarop een bejaarde man of vrouw uit een raam staart, geflankeerd door een vensterbank vol bloeiende geraniums.

Mijn gevoel zegt me dat geraniums altijd bloeien, zeker op schilderijen. Het getoonde beeld is uit de eerste helft van de vorige eeuw, schat ik in. De Tweede Wereldoorlog is nog in aantocht. En het is prima zo, met die bejaarde achter het raam, hij of zij zit daar in alle vrede. Ooit was het niet zo gek om achter de geraniums te zitten...

Een eeuw later is alles anders. Geen enkele moderne bejaarde wil nog achter de geraniums. En als je ze ervan beticht, zijn ze diep beledigd. De uitdrukking 'achter de geraniums zitten' is hooguit nog bruikbaar als diskwalificatie van de oudere medemens.

Steeds meer mensen in de pensioengerechtigde leeftijd zien zichzelf als een 'oudere jongere', een begrip dat is gemunt door het legendarische duo Van Kooten en De Bie, dat mannen die nog lang niet bejaard waren ooit zo karakteriseerde. Hun typetjes Koos Koets en Robbie Kerkhof zijn dertig jaar na hun introductie op de Nederlandse buis inmiddels theoretisch ook een jaar of zeventig, maar onverminderd 'oudere jongeren'.

De moderne oudere (nog even en bejaarde is ook een scheldwoord) leidt een dynamisch leven: hij heeft veel sociale contacten, reist graag, doet cultureel verantwoorde dingen, en *last but not least*: hij zorgt voor ruim voldoende lichaamsbeweging.

Want bij DWDD, dat hippe programma waar ook ouderen natuurlijk massaal naar kijken, hebben ze de neurowetenschapper professor Erik Scherder in een van zijn virtuoze colleges horen uitleggen hoe belangrijk het voor hun brein is dat ze blijven bewegen.

Omdat het ongeveer het enige is dat je zelf kunt doen om te voorkomen dat je dement wordt. En dement, dat betekent oud. En dat wil niemand nog zijn tegenwoordig.

Het vertoeven achter de geraniums staat voor het leven dat je niet moet willen leiden, het is de plek waar je dement wordt, of hooguit mag verblijven als je inderdaad de ziekte van Alzheimer hebt, maar dan wel in een vergevorderd stadium.

De bejaarde die zonder excuus voornamelijk thuis zit is in de eenentwintigste eeuw verworden tot een *loser*, een initiatiefloos medemens. Het is een andere diersoort, iemand uit lang vervlogen tijden die de vooruitgang niet heeft meegekregen. Achter de geraniums is geen wifi, en is de telefoon nog met een snoer verbonden aan de muur. Gelukkig is er wel een kleurentelevisie, en een van de kinderen, die overigens sporadisch langskomen, heeft nog net gezorgd voor een pakket met 83 zenders, maar daarmee heb je het wel gehad, qua moderne apparatuur. De stokoude platenspeler wordt al jaren niet meer gebruikt, de platen van wijlen James Last staan kromgetrokken onder in een dressoirkast die nooit meer wordt geopend.

Achter de geraniums is geen wifi, en is de telefoon nog met een snoer verbonden aan de muur.

De geranium is antiek, ook al zo'n populair fenomeen uit lang vervlogen tijden. Mensen die achter de geraniums zitten waren hun hele leven huisvrouw, of ze werkten veertig jaar voor dezelfde baas en gingen op hun 58ste met de VUT.

Jongeren die na 1990 zijn geboren, herkennen vermoedelijk niets in het bovenstaande. De geranium en de computer hebben net zoveel verwantschap met elkaar als een Bosjesman en een eierkoek: theoretisch is het denkbaar dat ze zich in dezelfde ruimte bevinden, maar de kans is niet erg groot.

Is het dan slecht, zo'n geranium?

Nee, natuurlijk: de zorg voor de kamerplanten werd door mijn beide oma's beleefd als een vorm van ontspanning. Ik herinner me van beide oude dames hoe opgetogen ze konden zijn als er weer een exemplaar in bloei stond. Vooral de hertshoorn, nog zo'n plant die ooit populair was, die bloeide bijna nooit.

Mijn beide grootmoeders zijn meer dan twintig jaar dood, en met enige weemoed denk ik soms aan ze terug als ik tijdens een hardlooprondje bijna ondersteboven word gereden door een grijsaard op een elektrische fiets.

Wat zijn sommige van die pensionado's toch verworden tot opgefokte types. En dat allemaal als gevolg van de veronderstelde vooruitgang.

Wat mij betreft moesten ze eens een tijdje gaan afkoelen, achter de geraniums.

Yoghurt-uitdruiper

Alexander Rinnooy Kan

In het begin was er de pannenlikker.

In zijn primitiefste vorm: een houten steel met een wit-rubberen leegschraper, afgestemd op glooiende pannenwanden (de ene zijde) dan wel haakse (de andere). Na verloop van tijd begon de tongvormige zijde steevast littekens en scheurtjes te vertonen. Spoedig daarna brak hij af, bij een vergeefse poging aanbaksel weg te wrikken. Daar was de likker namelijk niet voor bedoeld.

Maar toch: wat een uitvinding. Uiteraard een groot succes in het restjesbewuste Nederland, maar niet alleen hier. Wereldwijd werd de pannenlikker een trouwe bondgenoot van de zuinige huisvrouw, met de lokale naamgeving die hoort bij die rol. Zo staat de pannenlikker in Portugal bekend als de 'Salazar': vernoemd naar de, naar verluidt superkrenterige, voormalige dictator.

Hoewel de pannenlikker onlangs nog door Goedele Liekens werd aanbevolen als kostenbewust alternatief voor het niet alleen in België steeds populairder sm-zweepje is hij, na een recente, dure, 'hittebestendige' variant (alsof rubber smelt bij hitte!) inmiddels toch aan het einde gekomen van zijn innovatiecyclus.

Maar de industrie zat niet stil. Er valt meer te likken dan pannen alleen. Ook in flessen (yoghurt!) blijft vaak meer achter dan de zuinige gebruiker wenselijk acht. Maar voor een nauwe flessenhals is de robuuste pannenlikker natuurlijk niet geschikt.

Nederland heeft hier een mooie kans laten lopen. Het waren de al evenmin spilzieke Noren die kwamen met de haastig gepatenteerde flessenlikker: de lange steel met het halve maantje.

De flessenlikker werd wereldwijd geen groot succes, behalve in het zowel jaloerse als dankbare Nederland. Het is, in alle eerlijkheid, een product dat ernstig te wensen overlaat. Het soepele, complete opvegen, zo kenmerkend voor de pannenlikker, is niet te vergelijken met het moeizame, partiële bijeenharken waar de flessenlikker toe dwingt. De ronding van het halve maantje klopt niet met de ronding van de fles, waardoor hinderlijke, nooit geheel weg te werken sporen achterblijven, die wijzen op ongewenste verspilling.

Des te opmerkelijker is het dat het oer-Nederlandse alternatief voor de flessenlikker zo in de vergetelheid is geraakt: de yoghurtuitdruiper, in meer dan een opzicht een hoogtepunt in het oeuvre van de legendarische Tomado- fabrieken.

Opgericht in 1923 door de gebroeders Van der Togt ('Van der Togt Massa Artikelen Dordrecht') debuteerde het bedrijf met ingenieuze behangselhaakjes, die het mogelijk maakten foto's rechtstreeks op te hangen aan het behang. De Nederlandse Vereniging van Huisvrouwen gaf Tomado opdracht een afdruiprek te ontwikkelen, en daarmee kwam een ontwerpcultuur op gang die zich bij voorkeur bediende van het kerningrediënt: gegummificeerd metaaldraad.

Er valt meer te likken dan pannen alleen.

In de jaren na de oorlog waren de Tomado-boekenrekjes (in Mondriaankleuren) niet weg te denken uit het herrijzende Nederland, al bevatte het bijbehorende uitklapwerkblad wel een gemeen scherp randje. Ook 'Barbertje' (een ophangkorf voor onder een kastplank) bewees menige goede dienst in de krappe naoorlogse woningen, waar bewaren toch altijd beter was dan weggooien.

In deze traditie van Dutch design avant la lettre vormt de yoghurtuitdruiper een hoogtepunt wat betreft ontwerp en functionaliteit. Geen vruchteloos geschraap, maar gedurende de nachtelijke uren een beroep op de zwaartekracht, die de omgekeerde fles vlekkeloos leeg laat lopen in het eronder geplaatste bakje. Zelfs een waterverspillende spoelbeurt is niet meer nodig.

Het ontwerp van de yoghurtuitdruiper is van een verbluffende elegantie, niet te vergelijken met de Duitse roestvrijstalen variant of de Franse van zwart-wit kunststof, die ons vandaag de dag in de maag zou worden gesplitst. Drie aan elkaar gekoppelde, steeds kleinere ringen, die op hun beurt verbonden zijn aan een solide steunring waarbinnen het opvangbakje royaal te plaatsen valt, bieden een stevig houvast aan de omgekeerde fles. En dit alles uitgevoerd in oerdegelijk gegummificeerd staaldraad. Ons familie-exemplaar (de schoonmoeder) is in vlekkeloze staat. Hij was even verdwenen na een publiekslezing over het thema *Zuinig op Nederland* (Den Haag, 2008), maar werd later door een schuldbewuste toehoorder toch geretourneerd. Hij kan nog generaties mee.

Als één product de kwalificatie 'Nederland op zijn Nederlandst' verdient, dan is het wel de yoghurtuitdruiper. Hij dreigt een collector's item te worden (de eerste biedingen zijn al binnen), maar waar blijft de start-up die de strijd met de Noren aangaat en hem opnieuw in productie neemt, al dan niet toegesneden op het yoghurtpak? Is er een beter cadeau denkbaar bij staatsbezoeken of handelsmissies dan deze Nederlandse industriële kunst? Tomado is niet meer, maar de superieure yoghurtuitdruiper verdient het eeuwige leven.

Knikker

Frits Spits

Het leven is de knikker ingeblazen. Een gevleugeld embryo met hemelse kleuren, gevangen in een bol van glas. De knikker is tover voor de dromen van een kind dat weet dat zijn wentelgang hem winst kan opleveren. Dat een uitgekiende strategie kan bijdragen aan het in bezit krijgen van soortgenoten, even verleidelijk van kleur, even rond en transparant.

Ooit, het is lang geleden, knikkerde ik zelf. Daar weet ik eerlijk gezegd niet zo heel veel meer van, maar dat mijn kinderen knikkerden, ja, dat staat me nog helder voor de geest. Ik nam de verandering waar die de glazen trofeetjes in hun gedrag veroorzaakten. Van aardige, vrolijke jongetjes werden het bij verlies hard schreeuwende, soms vechtende, soms huilende ventjes als ze hun knikkers zagen verdwijnen in de zak van hun buurjongetjes.

Als het knikkerlawaai aanzwol in de straat waar wij woonden, wist ik dat ik moest optreden. Alarmfase 1. Meestal stond mijn buurman al slap van het lachen tegen zijn schutting geleund als ik kwam aangehold. Voor mij was het ook moeilijk om ernstig te blijven bij al die opwinding, maar dat liet ik niet merken. Beter van niet. Het was een serieuze zaak. Ik probeerde ook te luisteren naar het verhaal achter de huilpartij.

'Hij speelt vals,' riep een van mijn zoontjes dan, waarbij hij wees op zijn slimme buurjongetje. 'Hij bewoog nog net met zijn voet de knikker in het koeleke.'

Het was natuurlijk onmogelijk om de waarheid te achterhalen. Ik zei dat ze op moesten houden – 'Ophouden verdorie' – en dat het maar een spelletje was. Vervolgens veegde ik de tranen van hun wangen, suste de gemoederen waar ik kon en fietste dan maar weer naar de speelgoedwinkel om voor een paar kwartjes een nieuw zakje knikkers te kopen.

Een opvoeding van niks. Ik hoor het u zeggen. Ik heb de glanzende, met het zonlicht spelende glasballetjes vaak verwenst.

De knikker schijnt iets typisch Nederlands te zijn. Ik weet niet of we dat als een compliment moeten beschouwen.

Het maakt wellicht iets duidelijk over de handelsgeest die in ons dna lijkt te zijn opgeslagen. Knikkeren is onze eerste vingeroefening voor het grote werk. We leren omgaan met winst en verlies. We zien wat we hebben, we zien wat we kwijtraken. In feite is het knikkerspel de basis van een simpel economisch systeem. Een basis die we na onze kindertijd snel uit het oog verliezen. Dan zijn we het spel voorbij. De knikker is geld geworden.

Het systeem is, weten we nu, in de loop der jaren met opzet vele malen ingewikkelder gemaakt en allang van zijn basis vervreemd. De meeste mensen lopen erop stuk. En daar zijn heel wat slimme buurjongetjes bij. Zij die dat systeem wel beheersen, hebben inmiddels een kapitaal vergaard waarvan de omvang zich alleen nog in getallen laat uitdrukken.

Iedere standaard is losgelaten. Er staan geen knikkers tegenover. Je kunt je niets meer voorstellen bij de grootte ervan. De miljarden vliegen je om de oren, de nullen maken duizelig. Maar als we toch een poging zouden wagen, dan zou het kapitaal dat de wereld zegt te hebben opgebouwd zo groot zijn als alle bergketens die er op aarde zijn te vinden bij elkaar. Zegt men. Dat is natuurlijk niet zo. Ze zeggen maar wat. Die bergen bestaan helemaal niet. De geldbedragen zijn slechts de uitkomst van een ingenieuze financiële formule. Het zijn knikkers zonder embryo. Het zijn zeepbellen. Maar we moeten het geloven, anders stort onze hele wereldeconomie in elkaar.

Knikkeren is onze eerste vingeroefening voor het grote werk.

In de zomer van 2015 bezocht ik in het kleine Italiaanse dorpje Piegaro een glasmuseum. Mooie, groene, bolgeblazen vazen zag ik, en ook duizenden soorten chiantiflessen en foto's van vrouwen die de rieten mandjes ervoor maakten. Het museum liet zien hoe vroeger glas werd geblazen en hoe men dat tegenwoordig doet.

En daar, in dat museum, op een klein vensterbankje, in een soort zakje, lagen een paar knikkers. In verschillende maten. Mooi en glanzend. Knikkers in Italië? Het stelde me op de een of andere manier gerust.

Kerksnoep

Beatrice de Graaf

'Protestantse hostie, gereformeerde drugs.'

Stef Bos zong er al over: de pepermunt, ook wel kerksnoep genoemd. Wat wierook is voor de katholieken, is kerksnoep voor de protestanten, tenminste voor de protestanten van het iets zwaardere soort.

Zo'n protestantse kerkdienst, gereformeerd of hervormd, staat of valt met de preek. In den beginne was het Woord.

Psalmen, gezangen, gebed of andersoortige liturgische rituelen doen er ook wel toe, maar spelen in een *hardcore* protestantse kerkdienst van calvinistische snit een marginale rol.

De gehele aankleding, ook fysiek, van kerk en kerkdienst, staan in dienst van de verkondiging. Want de HEERE der Heirscharen moet intrek in ons hart nemen. En dat gaat nu eenmaal, volgens calvinisten *sola scriptura*, alléén via het Woord van Zijn voorgangers, de dominee.

Om dat vol te houden, is een lange opvoeding nodig. Zitvlees, maar vooral een zoethouder.

Voor kinderen werd in mijn jeugd, en in veel kerken nog altijd, geen uitzondering gemaakt. Aparte kindernevendiensten zijn er lang niet overal. Daarom is er voor ouders maar een oplossing. De kinderen – en de eigen afdwalende

PEPERMUNT
CHEWY DRAGÉES
SAP • AU JUS DE FRUIT
RED BAND

geest – worden bij de les gehouden met pepermuntjes. Dat is de gereformeerde cocaïne die het kerkvolk bindt.

De muren zijn wit, de ramen doorzichtig en kaarsjes branden er ook al niet. Dan duren vijftig minuten lang. In de Nieuwe Kerk in Putten waren de witglazen ruitjes in het midden ingelegd met wat kleurige figuren, dat scheelde. En we maakten sudoku's van de psalmboren. Maar dan was de kerkdienst toch nog lang niet ten einde.

Pepermuntjes waren essentieel.

Ik heb het niet over die dunne, harde Kings, waar je je tanden op stukbeet en die zo op waren. Orthodoxie voorzag in Wilhelmina-pepermunten, lekkere dikke, waar je voor een halve preek genoeg aan had. Iets modernere Gereformeerde Bonders grossierden in mentos, de scherpe. De rol ging dan door de hele bank en kwam half leeg weer terug. Van mijn ouders kregen we drie mentos (tien minuten preek per kerksnoep), wat gelijkstond aan twee Wilhelmina-pepermunten van oma. Met soms nog een bonusdropje erbij.

Orthodoxie voorzag in Wilhelmina-pepermunten, lekkere dikke, waar je voor een halve preek genoeg aan had.

Soms, wanneer we met een evangelisch, of 'lichter' vriendje meegingen, werden er dropmentos, of – een hellend vlak van vrijzinnigheid – fruitmentos of fruitella's uitgedeeld.

Opzien baarde in Duitsland eens mijn jongste broer, die tijdens een Evange-

lisch-Lutherse kerkdienst, die we in de vakantie met het gezin bezochten, hartgrondig en luidkeels uitriep: 'Nou moe! Ik heb nog snoepjes over!'

De dominee had na zeven minuten het 'amen' al uitgesproken, waardoor hij nog maar één snoepje op had.

Een ander broertje wist in Putten tijdens de collecte – wanneer de kerksnoepen werden uitgedeeld – weleens een ruilhandel te treffen met een vriendje en er een Werther's echte bij te smokkelen. Alleen bij dominee De Knegt kreeg je die trouwens op, de andere voorgangers waren na drie mentosjes echt wel klaar.

Aangedrukt tegen de bontmantel van mijn oma, of tijdens de avondkerkdienst – want we gingen meestal twee keer – gezellig naast mijn moeder, was die preek eigenlijk een uniek moment.

We hadden een dominee bij wiens zware bromstem je als kind heerlijk weg kon dromen. Met een pepermuntje op zak trokken we door de woestijn, dobberden we in mandjes tussen het riet, beleefden we de wonderbaarlijke spijziging of maakten we bloedstollende zendingsreizen mee. En als we de preek nog enigszins wisten samen te vatten, kregen we na de kerkdienst tijdens de koffie nog een gevulde koek als beloning.

Helaas worden de kerksnoepen steeds zeldzamer. Ik heb laatst een kerkbuurman aan wie ik altijd een pepermuntje uitdeel, maar van wie ik nooit iets terugkrijg, nog een pak mentos cadeau gedaan op zijn verjaardag.

Maar hij neemt ze niet meer mee naar de kerkdienst. Het heeft geen zin, de dominee preekt te kort.

Over de auteurs

Frits Abrahams (1946) schrijft vijf maal per week een column op de Achterpagina van NRC *Handelsblad* over persoonlijke belevenissen en uiteenlopende onderwerpen als literatuur, film, politiek en sport.

Maarten Asscher (1957) is schrijver, jurist, ex-uitgever en boekhandelaar. Hij publiceerde een roman, verhalen, gedichten en essays. Op de studie *Het uur der waarheid* hoopt hij te promoveren aan de Universiteit Leiden.

Asis Aynan (1980) werd in Marokko verwekt en in Nederland geboren. Hij schrijft, geeft les en is bedenker van onder andere het Gastarbeidersmonument en de Berberbibliotheek. Zijn laatste boek is *Gebed zonder eind*.

Bram Bakker (1963) publiceert naast zijn dagelijks werk als psychiater boeken, columns en opiniestukken, waarbij het verkrijgen van meer aandacht en begrip voor mensen met psychiatrische problematiek zijn hoofddoel is.

Roel Bentz van den Berg (1949) studeerde filosofie, maakte jarenlang programma's voor de VPRO, was medewerker van NRC *Handelsblad* en is redacteur van *De Gids*. Hij publiceerde essaybundels en romans, waarvan *Het naderen van een brug* de recentste is.

Japke-d. Bouma (19..) is columnist en redacteur bij NRC *Handelsblad*. Ze schrijft over media, trends, onderwijs en lifestyle, maar verwondert zich bovenal over het rijke kantoorleven, dat zij met humor, zelfspot en een scherpe analytische pen beschrijft.

Mano Bouzamour (1991) schreef *De belofte van Pisa*, de bestverkochte debuutroman van 2014. Hij is columnist voor *Het Parool* en schrijft voor *Elle* en *Cosmopolitan*.

Wim Brands (1959) schreef na de School voor de Journalistiek verhalen voor onder meer het *Leidsch Dagblad* en *Vrij Nederland*. Sinds jaar en dag maakt hij een wekelijks programma over boeken voor de VPRO. In 2014 verscheen zijn dichtbundel *'s Middags zwem ik in de Noordzee*.

Lex ter Braak (1950) is directeur van de Jan van Eyck Academie in Maastricht, een internationale postacademie voor beeldende kunst, ontwerp en reflectie. Hij schrijft over literatuur en beeldende kunst.

Adriaan van Dis (1946) is auteur van onder andere de bestsellers *Nathan Sid*, *Indische duinen* en *In Afrika*. Zijn laatste boek, *Ik kom terug*, werd bekroond met de Libris Literatuurprijs. Zijn werk is in vele talen vertaald.

Elma Drayer (1957) is neerlandicus en journalist, en werkte onder meer bij *Trouw*. Ze publiceerde *Verwende prinsesjes* en was medebezorger van het *Verzameld werk van Karel van het Reve*. Op dit moment schrijft ze voor *de Volkskrant* en *Vrij Nederland*.

Eric Duivenvoorden (1962), filosoof en socioloog, publiceerde verschillende boeken over opstandig Amsterdam en de rebelse jeugd. Hij publiceerde *Magiër van een nieuwe tijd*, een biografie van Robert Jasper Grootveld.

David Endt (1954) is sportjournalist. Hij schreef diverse boeken over voetbal, voornamelijk over Ajax, maar ook over Internazionale, zijn andere grote voetballiefde. Tot juni 2013 was hij als teammanager werkzaam voor Ajax.

Mira Feticu (1973) is naast haar literaire werk sinds 1994 actief als radiomaker en publicist. Haar huwelijk bracht haar in 2005 naar Nederland. Ze publiceerde hier een aantal romans, waaronder *Tascha*, en promoveerde in 2010. Ze is werkzaam voor de bibliotheek Den Haag.

Quinsy Gario (1984) is dichter, kunstenaar en activist. Hij schreef voor *nrc.next* en maakte programma's voor radio, televisie en theater. In 2011 ontving hij de Hollandse Nieuwe Theatermakersprijs. Gario kreeg nationale bekend vanwege zijn verzet tegen het fenomeen Zwarte Piet.

Beatrice de Graaf (1976) is hoogleraar Geschiedenis van de Internationale Betrekkingen aan de Universiteit Utrecht. Ze is lid van De Jonge Akademie van de KNAW en samen met Alexander Rinnooy Kan voorzitter van de Nationale Wetenschapsagenda.

Maarten 't Hart (1944) is schrijver en bioloog. Hij debuteerde in 1971 met *Stenen voor een ransuil* en brak door met *Een vlucht regenwulpen*. In 2003 werd hij benoemd tot Ridder in de Orde van de Nederlandse Leeuw. In 2015 verscheen zijn nieuwste boek, *Magdalena*.

Thomas Heerma van Voss (1990) is auteur van *De allestafel*, *Stern* en *De derde persoon*. Hij publiceerde interviews, verhalen en artikelen in onder meer *Vrij Nederland*, *NRC Handelsblad* en *de Volkskrant*.

Youp van 't Hek (1954) is een van de bekendste cabaretiers van Nederland. Daarnaast schrijft hij wekelijks een column in *NRC Handelsblad*. Van zijn gebundelde columnboekjes zijn inmiddels miljoenen exemplaren verkocht.

Ronald Hoeben (1950) volgt als culinair journalist en recensent de gastronomische ontwikkelingen op de voet. Hij schrijft voor *NRC Handelsblad*. Daarbij is hij fotograaf en filmer.

Jeroen van Kan (1968) is journalist en radiomaker. Hij werkte voor het VPRO-programma *De avonden* en was redacteur van *De Tweede Ronde* en *Tirade*. Hij is nieuwslezer voor NOS radio en werkt aan een roman.

Renee Kelder (1985) is spreker, schrijver en verslavingsdeskundige. Ze debuteerde met *De Parttime-junkie*, een goed ontvangen autobiografisch boek over de drug GHB. Ze werkt aan een tweede boek.

Olaf Koens (1985) kreeg als correspondent in Rusland grote bekendheid met zijn verslaggeving over de MH17. Hij werkt voor RTL, *de Volkskrant* en BNR *Nieuwsradio*. In 2014 werd hij door het vakblad *Villamedia* uitgeroepen tot Journalist van het Jaar.

Kees van Kooten (1941) verwierf grote bekendheid met de succesvolle televisieprogramma's die hij jarenlang met Wim de Bie voor de VPRO maakte. Daarnaast schreef hij een heel aantal boeken, waaronder in 2013 het Boekenweekgeschenk, *De verrekijker*.

Ad van Liempt (1949) was hoofdredacteur van NOVA, oprichter van *Andere Tijden* en chef geschiedenis bij de NPS. In 2009 werd hij uitgeroepen tot historicus van het jaar en in 2011 werd hem door de UvA een eredoctoraat toegekend. Hij publiceerde meerdere bestsellers.

Gerry van der List (1961) is redacteur en politiek columnist van het weekblad *Elsevier*. Hij publiceerde een vijftiental boeken, waaronder de roman *Altijd november*.

Cécile Narinx (1970) was tien jaar lang hoofdredacteur van ELLE en zwaait sinds augustus 2014 de scepter over de Nederlandse editie van *Harper's Bazaar*, 's werelds oudste modeblad. Daarnaast schreef ze het boek *Geluk is een Jurk*, schrijft ze voor *de Volkskrant* en schuift ze regelmatig aan op tv en radio als modedeskundige.

Wim Noordhoek (1943) werkt sinds 1966 als radio- en televisiemaker voor de VPRO. Ook publiceert hij korte stukjes en verhalen. Zijn nieuwste bundel is *Haagse verhalen*. Noordhoek schrijft dagelijks op zijn weblog: www.avondlog.nl.

Guido van Oorschot (1961) is klassieke-muziekjournalist. Hij schrijft onder meer voor *de Volkskrant*. In 2004 publiceerde hij *Moet je horen*.

Henk van Os (1938) is hoogleraar Kunst en Samenleving aan de Universiteit van Amsterdam. Daarvoor was hij algemeen directeur van het Rijksmuseum. Hij kreeg nationale bekendheid als presentator van het televisieprogramma *Beeldenstorm*.

Christine Otten (1961) is schrijfster. Ze debuteerde met de roman *Blauw metaal*. Ook schreef ze het veelgeprezen boek *Om adem te kunnen halen*, over haar familiegeschiedenis, en *Rafaël*, een liefdesgeschiedenis.

Carel Peeters (1944) is essayist en criticus. Hij is verbonden aan *Vrij Nederland* en stond aan de wieg van De Republiek der Letteren. Hij schreef verschillende essaybundels. Tweewekelijks verschijnt zijn 'Literaire Kroniek' op de website van *Vrij Nederland*.

Ester Naomi Perquin (1980) werkte vier jaar als gevangenisbewaarder om schrijfonderwijs te kunnen betalen. Zij schrijft gedichten, essays en korte verhalen. Daarnaast is ze de vrijdagnacht-presentator van het VPRO radioprogramma *Nooit meer slapen*.

Herman Pleij (1943) is emeritus-hoogleraar Middeleeuwse Letterkunde aan de Universiteit van Amsterdam en houdt zich bezig met de ontwikkeling van Nederlandse identiteiten. Hij werkt aan een boek over de rechtvaardiging van lust en genot in de late Middeleeuwen.

Alexander Rinnooy Kan (1949) is lid van de Eerste Kamer en als hoogleraar Economie en Bedrijfskunde verbonden aan de Universiteit van Amsterdam. Hij was kroonlid en voorzitter van de SER en van de werkgeversorganisatie VNO-NCW.

Joyce Roodnat (1955) is schrijver en cultureel commentator bij *NRC Handelsblad*, waarvoor zij tevens elke zaterdag haar 'critic's notebook' schrijft: 'NRC gaat uit'. Haar jongste boek is *Wandelingen der Nederlanden*.

Jan Siebelink (1938) is auteur van een omvangrijk oeuvre. Hij verwierf grote bekendheid met zijn bestseller *Knielen op een bed violen*, die werd bekroond met de AKO Literatuurprijs en momenteel wordt verfilmd. Zijn nieuwste roman heet *Margje*.

A.L. Snijders (1937) staat bekend als een van de grootste schrijvers van het zeer korte verhaal, kortweg zkv genoemd. Deze zkv's schrijft hij voor onder andere de *VPRO-gids* en het radioprogramma *De avonden*.

Frits Spits (1948) is radiomaker. Hij verwierf nationale bekendheid met het programma *De Avondspits* en *Tijd voor Twee*. Tegenwoordig is hij op Radio 1 te horen in het programma *De Taalstaat*.

Hendrickje Spoor (1963) debuteerde begin jaren negentig met de roman *De verweerde spiegel*. Sindsdien publiceerde zij verhalen en romans. In 2015 verscheen het autobiografische *Vader en dochter*. Ze woont en werkt in Frankrijk.

Rosita Steenbeek (1957) studeerde theologie en Nederlands. Ze debuteerde met de roman *De laatste vrouw*, die in meerdere talen werd vertaald. Ze schreef verschillende boeken over Rome, waar ze woont. In 2015 verscheen haar historische roman *Rose*.

Franca Treur (1979) studeerde Nederlands en Literatuurwetenschap. Zij debuteerde met de bestseller *Dorsvloer vol confetti*, die verschillende prijzen won. In 2014 publiceerde zij *De woongroep*. Ze schrijft ook voor *NRC Handelsblad* en *nrc.next*.

Thomas Verbogt (1952) schrijft romans, verhalen en toneelstukken en is dagelijks columnist van *De Gelderlander*. Zijn nieuwste roman is *Als de winter voorbij is*.

Roland van der Vorst (1969) is strateeg, ondernemer en schrijver. Hij werkt bij de denktank Freedomlab, is columnist van het *Financieele Dagblad* en schreef een aantal boeken. Hij werd door *de Volkskrant* uitgeroepen tot een van de invloedrijkste Nederlanders.

Marjoleine de Vos (1957) is redacteur bij *NRC Handelsblad*. Ze schrijft over kunst, literatuur en koken, en heeft een tweewekelijkse column. Daarnaast schreef ze de poëziebundels *Zeehond graag*, *Kat van sneeuw* en *Het waait*.

Janneke Vreugdenhil (1968) schrijft en blogt voor *nrc.next* en *NRC Handelsblad* over haar favoriete onderwerp: eten. Elke vrijdag maakt ze een recept op nrc.tv. Daarnaast schrijft ze kookboeken en publiceert in allerlei tijdschriften.

Niña Weijers (1987) schrijft voor *De Groene Amsterdammer* en is redacteur bij *De Gids*. In 2014 verscheen haar veelgeprezen en gelauwerde debuutroman *De consequenties*.

Frank Westerman (1964) was correspondent van *de Volkskrant* en *NRC Handelsblad* in Belgrado en Moskou. Tegenwoordig is hij schrijver van onder andere *De graanrepubliek*, *Ingenieurs van de ziel*, *El Negro en ik* en *Stikvallei*. Zijn werk is meer dan veertig keer vertaald.

Tommy Wieringa (1967) is schrijver van romans en reisverhalen, waaronder de gelauwerde bestseller *Joe Speedboot* en de roman *Dit zijn de namen*. In 2014 schreef hij het Boekenweekgeschenk, *Een mooie jonge vrouw*.

Paul Witteman (1946) is journalist. Naast zijn televisiewerk voor de VARA, bij onder andere *Pauw & Witteman*, NOVA en *Buitenhof*, schreef hij jarenlang in *de Volkskrant* over zijn grote liefde, muziek. Hij publiceerde een groot aantal boeken.

Maartje Wortel (1982) debuteerde met de verhalenbundel *Dit is jouw huis*. Haar roman *Half Mens* werd genomineerd voor de BNG Nieuwe Literatuurprijs. In 2014 verscheen haar tweede roman *IJstijd*.